爱因斯坦的头发

孙颙 著

上海文艺出版社

目录

爱因斯坦的头发　1

创作谈：人类命运的相对论思考　205

爱因斯坦的头发

一

衣帆突然消失了,像一缕青烟,消散在难以触摸的空气里。

不对啊,消散的青烟,尚且有隐约可见的轨迹。纤细的身躯,缓缓升向透明的空间。倘若遇到风儿,便在风姑娘的戏耍下,上下左右摇曳着身躯,婀娜多姿地弥漫开去,变幻出想象不尽的形态,水墨点染般潇洒的舞步,优雅地持续片刻,方才恋恋不舍被空气所吞食。

她,却连曼丽的背影都没留下,想再看看她的影像,那无比熟悉的妙不可言的身材,已经无处寻觅。微信的最后留言，唯有孤寂的一行，是冷冰冰的一个词，"好自为之"，时间指向凌晨四点三十分。

她醒得那么早？还是压根儿没睡过？她那修长的手指，在屏幕上轻轻敲打，吝啬地发送了四个方块字，留下供我百思不得其解的问号，留下无穷的空白，甚至不愿给我任何询问的机会——我查了她的微信号，显示已经被她删除。我和她之间，曾经畅通无阻的热线，生生被掐断。

微信的启动页面，为亿万使用者眼熟，设计得十分简洁，是一个人独自仰望神秘的地球。我望向窗外，阳光正洒满一幢幢小楼的屋顶，别墅区里安详宁静。地球完好无损，我钟爱的衣帆，却消失得干干净净。

曾经听老司机闲扯，说女人若想绝交，斩下的刀无比锋利，不拖泥带水，绝对是快刀斩乱麻。面对不动声色的"好自为之"，我大脑一片混沌，思维集中不起来，"好自为之"？啥意思？我的目光呆滞地停留在冷冰冰的屏幕上。搁在座椅下的双腿，竟然有些麻木，似乎中断了与大脑神经的联系。

我孤独地喊了一声，像独狼的干嚎，努力修复自己的神智。绝望的呻吟，却从心的深处泛起，传递到大腿根部的神经，继续向脚底心延展，脚掌酥软得没法挪动。"衣帆去哪儿啦？"我恍惚许久，思考着最近的争吵，还是理不清思绪：我没有想到她会决绝地离开。

窗外的树枝上，有一只不知名的鸟儿，呆板地鸣叫，一声高一声低，一声长一声短，大约是在召唤它失踪的伴侣。最绝望的情形，莫过于纵有千言万语，却无处倾诉，无耳倾听。她最后的留言，竟然只有一个干巴巴的词儿，且是单向传递！一刀斩断，省却了千丝万缕的麻烦。

我开始领悟老司机的至理名言，真想断绝关系，斩下的刀，无比锋利！那是在情场里摸爬滚打、百炼成钢后,品味出来的人生真谛。

二

突如其来的爆炸声,震撼着,滚过头顶,笼罩住身边的世界;尖利的呼啸,万箭齐发般袭来,似乎击穿了耳膜;原先疾驰中的皮卡,猛然失去平衡,大角度倾斜,站立在车厢中的我,顿时觉得天旋地转,眼前一阵黑暗,看不清周围的一切。刹那间,来不及做出本能的反应,身子已经被高高抛起。我对自己的躯体失去了掌控,感觉它腾空而起,化成一道长长的抛物线,轻飘飘的,没有多少分量,像小时候玩耍的纸飞机,脱手甩开,就听凭它自由飞翔,随风滑落。

在我失去知觉之前,一个清晰的意识迅速占据了大脑:完了,碰上传说中的路边炸弹……

不知过了多少时间,也许很长,也许是短短的一瞬,在一种熟悉的气味刺激下,我艰难地苏醒过来。没死吗?对,意识完整,我应当还活着!我的身子,被密密的清香包裹着,很清爽的气息,鼻子耳朵嘴巴,统统淹没在那样的香氛中。我想起来,那是麦秆的气息。少年时代,随父母去北方老家,我和当地的孩子们钻进麦垛里打仗，头发上沾满麦草，那种特别的蒸馒头时才有的香气，我记得清清楚楚，即使一脚踏进死亡的边缘，也难以忘怀。我苦涩地想，地狱里，没有大厨蒸馒头吧？百分百没死，我依然活在人间！

我费劲地动了动胳膊，小臂和手掌听话地高举；我又用力抬起小腿，让脚掌脱离麦秆的包围，脚腕有扭伤的感觉，脚掌的动作没有完全到位。谢天谢地，这些零部件，基本听使唤。尽管全身酸胀发麻，各处均有痛点，只要没有摔断哪个要害部位，就是万幸。

我费劲地整理着思路，脑神经恢复

了记忆。我怎么会来到这个荒芜的地方？为什么有机会品尝炸弹的滋味？

三

松软的麦秆，恰到好处地托起一百五十余斤的身躯。营养过剩，我又懒得在健身器上奔跑，身子过早地发福，胸肌不明显，小肚腩倒是毫不谦虚地顶住上衣。有时，我想用力环抱衣帆，衣帆敏捷地跳开，还咯咯地嘲笑，怕你，怕你，笨重得与狗熊有得一拼。

顾不上多想女孩，心中啧啧称奇，我怎么会有天大的福分，逃过了死神？

把我从车上甩出来的抛物线，终端神奇地指向了这堆麦秆，只要稍有差池，抛物线偏离一丁点，我就会被砸在路旁的乱石堆里，此刻绝对鲜血淋漓，华佗再世也没法让我苏醒过来。

这样的奇遇，要是被老妈知道了，肯定去客厅旁的小屋里，在观音像前添几炷香，嘴里习惯地念叨，菩萨保佑，菩萨保佑。她虔诚地供奉南海观音，几十年从不懈怠，因此把善果给了自己的儿子？

菩萨的慈悲，兴许能够普照阿富汗的穷乡僻壤。不过，对世界地理毫无常识的老妈，连"喀布尔"这样的地名，肯定都闻所未闻。其实，老爸老妈，做梦也不会想到，他们的儿子，会跑到这个旮旯来。几天前，我向老爸要旅费时，他以为我是去新加坡或者泰国玩耍，因为我刚打开一本亚洲地图册，大大咧咧地摊开在桌面上。老爸和我说话时，目光炯炯地扫过了地图册。我不愿意父母干涉我的自由，很少明确说出行动计划，他们往往需要通过某些细节，评估分析我的动向。老爸肯定猜我在家待腻了，出门散心。在他的思维中，亚洲好玩的去处，绝对不会包括阿富汗。

我吃力地抬起脑袋，环顾四野，不由想起"天苍苍野茫茫"的句子。喀布尔应该是处于盆地之中，远方，天地交接的边际，群山的轮廓，像山水画的线条，勾勒得模糊而又清晰。离我不远，那辆倒霉的皮卡，歪倒在公路一侧，继续燃烧；浓黑的烟柱，在开阔的原野上竖起，像报警的烽火，醒目地盘旋升空。没有救援的车辆。公路上空空荡荡。

　　本来，我是想去喀布尔东面的山区看看，那里有古代王朝的遗迹。一同来阿富汗的铁哥们，忙着找客户谈判，想把他老爸投资的铜矿转让出去。他好心劝我，不要为了看一眼什么王朝的废墟，犯傻涉险，城郊的公路，经常不太平。我没听他的劝，我不过是个普通的中国游客，与阿富汗的哪派哪族均无纠葛，怕啥？谁想，还真是出了事，炸弹不长眼睛，这个道理，挨炸后自然懂。皮卡的驾驶员，那个结婚不久，满脸堆着幸福笑容的小伙子，会说几句简单的中文，一路上，对我挺照料，他是否也幸运脱险，我全然不知，只看到燃烧中的皮卡，没看见他的身影。

视线通往蔚蓝的天空，高远的天穹，竟然没有一朵白云飘荡，所谓蓝天如洗，莫过于此。穷乡僻壤的好处，是大自然的纯净，想象不到的纯净，没有灰蒙蒙的烟雾，更加没有令人窒息的雾霾。

四

目力所及,唯有湛蓝的天幕,蓝得晶亮,蓝得近似透明,让我联想到老妈胸前的蓝宝石挂坠。

那块宝石切割精致,每一个切面都晶莹闪亮,折射出万千气象,荡漾着人间的奇妙。因为挂坠十分昂贵,只有在重大的家庭纪念日,老妈才会把它从首饰盒里取出来,小心翼翼地悬挂在自己的胸前。我知道,老爸开始发财的时候,家里还不是十分富裕,老妈五十大寿,老爸咬咬牙,拿出存款的三分之一,从香港的大行,请回了这个蓝宝石挂件。

老妈感恩，特别宝贝，实际是珍惜老爸的心意。我曾经笑话过老妈，说这枚蓝宝石挂坠，应该存放在银行保险库里，那地方最安全。老妈瞪我一眼，反唇相讥，说我对蓝宝石的安危如此上心，是别有所图，因为她早就说过，要把蓝宝石作为传家宝，传给未来的儿媳妇，我莫非等不及了？

儿媳妇？我苦笑起来。蓝得透明的天幕上，竟然模糊地闪现出衣帆俊俏的脸蛋，眉宇之中，飘荡着让我无法忘却的迷人的微笑。她的笑容，充满魅力。最为特别的，是她双瞳闪烁出的蓝绿相间的光泽。那种难以比喻的色彩，我活了二三十年，只在她眼睛里见过。

难道是我的脑袋被抛物线甩晕了？衣帆的脸蛋确实出现在湛蓝的天幕上，先是由远而近，接着又渐渐退回远方，淡淡的轮廓，时隐时现，像高明的电影摄影师在玩弄技巧，欺骗观众的视线。衣帆的嘴唇，我熟悉得不能再熟悉的殷红的双唇，微微嚅动着，大约还是在嘀咕那个字眼："好自为之"。

五

我惶惶不可终日地度过了两周，那是衣帆失踪后的日子。

见我愁眉不展,一脸颓丧,有位哥们,从小一起在街道捣蛋生事的铁杆兄弟,喊我去酒吧散心。吧台外圈,坐满了人,我们就在角落里找个空桌安顿下来。坐下后,才觉得味道不对,墙角的小门开了条缝,刺鼻的异味从里面钻出来。难怪这里没人落座,挨着厕所的门啊!想挪位置,四处人头济济,晚上八九点钟,是酒吧最上座的时候。兄弟气呼呼地带上小门,骂了两句,无计可施,只能将就了。

酒是不能将就的,我去吧台,拎一瓶人头马过来,又要了罐冰块,今儿晚上,就是它们陪咱俩了。

渐渐地，深色液体的平面下落，瓶子的上半截空出来，恢复了瓶体透明的本色。其实，我们都不胜酒力，大半瓶XO灌进我们的喉咙，他的脸色由白变红，开始低声骂人，喋喋不休地指着我鼻子骂。先是骂我重色轻友，自从有了衣帆，就懒得见兄弟；然后，开始骂衣帆妖艳，就凭一张漂亮脸蛋，迷得我晕头转向，那就从一而终啊，又是说甩就甩，连好好道别也没学会，连微信联系也要切断，吓唬谁啊？天下又不是只有一个好看妹子！你倒霉，着了狐媚，狐媚！

我见他骂得难听，心中不忍，毕竟

那是我倾情爱过的女孩。那一刻，我们都有点上头，洋酒没白酒那么凶，后劲挺厉害，一人喝下一百几十cc，脑瓜开始晕乎，心情不佳的时候，比平时容易醉，我没有精神与他争辩，就只当是耳背，由着他喋喋不休地唠叨。

他见我不接茬，骂得累了，骂得无趣，开始转换话题，说他最近要出国。

他们家里，在阿富汗投资了铜矿，本来是谋划着发大财的。阿富汗山区多，矿藏丰富，多数矿区，未经开采，甚至连地质勘探的记录也没有，很让商人们垂涎。他的老爸，嗅觉灵敏，早早地在此布局。没想到，"911"之后，这片贫瘠的山区，突然成为热战的焦土，打得一塌糊涂，很多国家的军队卷进去了，飞机坦克重炮，现代战争的玩意，除了核武器，差不多全摆开阵势。开矿的做生意的，小命都是朝不保夕，发财就变成个遥远的梦。他说，他年轻，不想让老爸赶赴生死之地，他得去阿富汗收拾摊子，多少捞点儿本钱回来。

我睁大双眼，望向这伙伴，被酒精浸泡过的眼珠，看四周有些模糊。我说："不错啊，孝顺儿子。我爸没有你爸的福气，我从来不会帮他做事，我们父子的关系，只是他给我钱，我花他钱。"

酒吧里人多，有点吵，我嘴巴里吐

出的声音，艰难地抵达对方的耳朵。几米外的桌子旁，三四个男孩正在哄一位红衣女郎，要她给谁来个 kiss，这帮屁孩，看上去才是大学一二年级的岁数，泡妞的劲儿特别大。我已经过了没头苍蝇嘤嘤嗡嗡瞎撞的年龄，他们那种荷尔蒙充溢的眼神，看上去相当幼稚，相当可笑。我伸出胳膊，手掌搭在兄弟的肩头，用劲捏了捏他的三头肌，继续说："这么着，我陪你去阿富汗，那地方乱，你不敢带女朋友，一路枯燥，我们一起喝酒聊天！"

大约我用劲过猛，弄疼了他，他皱皱眉头，肩胛一抖，甩开我的手掌，"那里不好玩，没酒吧，没舞厅，到处有不长眼的子弹。你老爸老妈富甲一方，指望你继承香火，要知道我带你去阿富汗，你妈会掐死我！"

我竖起食指在他面前摇晃，"没事没事，他们管不了我的腿。我要点旅费，他们乖乖给，问我去哪，我从来不说清楚！他们怕我发脾气，不敢盯紧我！"仗着酒劲，我吹得厉害，"我们家，老爸是账房，老妈是管家。你不是经常叫我少爷吗？不错啦，我就是吊儿郎当的少爷！"

六

我的阿富汗之旅，就这么着，在酒精的催眠下，策划成功！我那兄弟，同意得很勉强，但抗拒不了我的意志。他从小习惯了，即使想法南辕北辙，最后总是服从我的意志。我的智商，我指捣蛋生事的智商，比他高出不止一头。我们在学校和街道里富有创意的捣乱，比方说，让班里最漂亮的女孩子恐怖尖叫的念头，总是先由我的大脑生产出来，然后传授给他。五步之内，必有芳草。每个班级，都会有公开的或者隐秘的班花，那种你看一眼就喜欢的女孩。奇怪的是，凡美丽动人的女生，往往偏要假装绝对高冷，你讨好地和她搭讪，常常被冷眼阻挡。你心里愤愤不平，就会生出稀奇古怪的念头，意在狠狠招惹她一下，为男孩子被损害的尊严讨个公道。当她被书包里突然冒出的长虫、无数细脚在张扬示威的爬虫吓得狂叫着逃窜，完全顾不得平素的矜持和傲慢，肇事者冷眼旁观，油然而生的满足感，确实无法形容。长虫是哥们去逮来，塞书包的手脚也是他完成。我负责思维，当然，最后捡起丢弃在地上的书包，侠义地归还簌簌发抖的女同学，完美的圆场，也是我来表演。

铁哥们说,为我办各种签证,花了不少钱,在阿富汗那种天高皇帝远的角落,除了枪弹是硬通货,钱算是最为文明的通行证。那些钱,他没让我掏,说是一股脑儿打包,进入他父亲在阿富汗投资的损失里。他说,也许,那里的枪林弹雨,能够治愈我愚蠢的失恋。其实,哥们不懂,当一个人突然被万念俱灰的感觉所浸泡,他对外界的其他种种,绝对不敏感,甚至绝对排斥抗拒。决定去阿富汗时,潜意识中,我隐约产生过相当冷酷的念头:如果我在阿富汗的穷乡僻壤突然失踪,同样消失得无影无踪,也算对衣帆不辞而别的扯平,她在得知我的噩耗时，多少会因为痛苦而内疚吧？毕竟，我们之间，有过难以计数的甜蜜时刻，不可能干干脆脆地丢进大海。

七

此刻，在死亡的悬崖边走了一遭，幸运地捡回小命，惊魂未定地躺在麦秆堆上，心脏在肋骨后面怦怦地跳，仰面朝天，被蔚蓝的苍穹笼罩，我贪婪地深深呼吸，把新鲜的空气——平常毫不珍惜的空气，用力输入空旷的肺部，青春的活力焕发出来，"活着真好！"这个狭隘的念头，超越人生的全部感受，占领了从表层到深层的思维。一种悟性顽强地诞生了。人生的各种大痛苦，体验过的或者听说过的，无论失恋的痛不欲生，还是破产的五雷轰顶，都不值得拿小命去下注。

我费劲地挺起腰板，坐在了麦秆堆上，松软的麦草，被我笨重的躯体压迫得凹陷下去。我看清楚了，左侧不远，燃烧着的皮卡，驾驶室被炸得不成形状，有一扇车门被炸弹掀下来，丑陋地趴在路边的水沟上。没有发现活着的生命。我心里阵阵悲哀，为那位可怜的阿富汗驾驶员，不久之前，无比活泼的生命，被死神抢去了吗？

我得以脱险，冥冥之中，鬼使神差啊。车子离开喀布尔市区后，我突然产生一个念头，应该站到后面的车斗里去，可以自由地转动脑袋，欣赏山区的景色。像这样奇异而危险的国度，以后未必会再跑过来。站在敞开的皮卡车斗里，也许能拍摄几张角度新颖的照片，不枉此行。驾驶员劝我不要到后面去，担心锋利的山风刮伤我白皙的脸庞。我谢绝了他的好意，还是请他刹车，跳出驾驶室，爬上了后面的车斗。如果我不是一意孤行，遭遇路边炸弹时，就会困在狭窄的驾驶室里，没有被甩出来的幸运了。这会儿，我想起新买的摄影工具，那架小巧而功能强大的徕卡相机，当我被抛物线甩出皮卡时，万分惊恐，晕眩中意识一片混沌，相机脱手，无影无踪，也许滚落到哪条泥沟里，恐怕再也不会回到我的手上。

想着不翼而飞的相机，感觉到了另外的玩意，裤子口袋里，有个硬梆梆的物件，顶住了大腿的肌肉，一阵刺痛提醒我，那是我的手机，它没有丢失，幸存在我的口袋之中！我赶紧将它掏出来，希望没有损坏。眼下，它是能救我脱离险境的唯一装备。在阿富汗的山区，你想保持与外界的联络，只有一种办法，携带昂贵的卫星电话。出发前，我和哥们一人准备了一台。这会儿,我靠它才能迅速联系到哥们,要求他赶紧找到援救的车辆。否则,在这荒无人烟的地区,黑夜降临,又将面临何种稀奇古怪的危险,只有天晓得了。

听着熟悉的电话铃声,心儿稍稍安定。我的好兄弟,你千万接听电话,快快快!你现在是我的救星!

八

这种脱险,可以称为"神迹"。不过,因为我尚未皈依哪位天神门下,"神迹"很难被记录下来。很久以后,我把故事说给老妈听,她大惊失色,连连合掌叩谢,说是菩萨保佑。我自然不会和她争辩,只是在心底嘀咕了几句:阿富汗境内众多佛教的圣地,被文化的破坏者们砸得七零八落,菩萨为什么没有阻止呢?

后话,改日再说。

终究是去鬼门关晃荡过,人生的感悟,有说不清道不明的变异。至少,如爬出井口的蛙,原先觉得只有如此这般大小的天地,突然无限地伸展开去。衣帆依然是我最钟爱的女孩,想起她双目的神采那蓝绿相间的光泽,照样回肠荡气,迷恋不已。我曾经查阅各种资料,找到缘由，那样的光泽，往往出现在犹太女孩的眼睛里。我小心翼翼地询问过衣帆——那时，我们的关系，尚未出现裂痕——我问她，家族的血统，是否有中华之外的基因。女孩笑而不答，我也就不便穷追猛打，话锋一转，知趣地扯向其他问题。她不说，自有不说的原因。

《我心永恒》，是《泰坦尼克号》的主题歌。电影风靡一时，我们都会哼几句。现在想起来，那歌词渲染得过了——永恒？夸张了吧！我心长久，还马马虎虎。衣帆在我心中的位置，在相当长的时间里，恐怕很难被谁取代。俗话说，要治愈爱的伤口，最好是迎接新的爱恋。会有这样的幸运吗？我从来不觉得自己属于情感专一的好男人，在衣帆之前，也心不在焉地经历过几个女友。奇怪的是，认识衣帆之后，我的荷尔蒙，就很难向别处飘洒。品尝过衣帆这般的尤物，还能认真地喜欢另外的女孩？我有点儿怀疑。衣帆，竟然能把我的爱和欲，席卷而去？

不过，经历了生死之交的我，有一种猛醒，对生命可贵的猛醒，不会再把衣帆的消失，看成人生的句号。俗话说，大难不死，必有后福。福在何处，我懒得去想。内心深处的微妙变化，似乎渐渐生发。和衣帆的矛盾，始于我游戏人生的懒散。直到衣帆消失,直到几乎结束生命,在喀布尔近郊的草堆上,庆幸还活着的那一刻,灵魂中的浑浑噩噩,被强悍地震碎了。

我想,既然命不该绝,是否尝试一下人生的新路?衣帆留下的冷冰冰的词儿"好自为之",也可以解释为"你自己想做啥就去做吧",她对我们无法达成一致的争吵,已经厌倦,才会决然离开。

哥们曾经戏言,说阿富汗的炮火,也许能摧毁我六神无主的失恋。在他随口说说的众多预言里,这是唯一应验的。在麦秆堆上,痛苦地等待救援的时刻,我还没有想明白人生的变化——脑袋晕乎乎的——也不可能想明白,只是一种模糊的祈祷,在软弱无助的瞬间,人免不了这样的祈祷:今天顺利脱险的话,我不再荒唐地浪费人生!

九

我脱险后的第三天,同伴和我决定打道回府。他的生意谈判,在近乎绝望的讨价还价之后,取得了破冰式的成果,把他老爸的投资,以三分之一的价格,卖给了另一位来自中国的商人。亏掉一大半,有这样做生意的吗?兄弟说,我不懂生意。该斩断时必须坚决。保住了本钱,等待东山再起。他根本不想征询老爸的意愿,连打个电话回家都不愿意。"将在外君命有所不受",便快刀斩乱麻地签字画押。他认为,阿富汗的战乱,时间将持续很久很久,能拿回一点算一点吧。

离开之前,他和我商量,在喀布尔四处走走。这地方,以后恐怕不会再来,逛逛看看,也算留点记忆。有了路边炸弹的教训,远处是不敢去了,就在喀布尔城区溜达吧。

喀布尔是一条河的名称。这条来自远古的河流,晃晃悠悠穿过喀布尔城区,把这座古老的城市一分为二,南部是老城,北部是新区。新区的高楼大厦,没有看头,比上海差得远。老城却有独特的风貌,据说,曾经是汉唐时期丝绸之路上一处繁华的风景。

到喀布尔的第一个晚上,吃饭时听导游介绍当地情况,我产生一个疑惑,为什么老城都建在喀布尔河的南面,那些老旧的屋子,散落在南部的平地和山石之上,远远望去,墙面斑驳脱落,满身沧桑;与此形成鲜明的反差,新区的高楼大厦,现代钢筋水泥的堆砌,鳞次栉比地挺立在河床的北面。南北差距,为啥如此之大,泾渭分明?

夜深之后，喀布尔的夜景一点也不好看，原本不明亮的灯光渐渐熄灭，城市变成黑黝黝的巨大的空洞，我站在窗前，想起遥远的故乡上海，想起浦江两岸的灯火辉煌，心中突然寻到答案，思绪清晰起来。在现代技术显露身手之前，一条几百米宽，不，甚至是百把米宽的河流，都会成为繁荣的障碍。上海开埠之初，浦江西岸有众多辐射中国各地的交通，水路陆路，一应俱全，至于黄浦江的东岸，则是闭塞未开化之地，沟通浦江两岸的，是人工驱动的渡船，谁也不会把资金投向交通落后的地方。千年之前的喀布尔，想来与此相似。当初，丝绸之路的商队，其行走的路线，大约与喀布尔河的北面无缘，应该是到喀布尔河的南面歇脚，在南面的旅店里吃饭加水。做生意很辛苦，歇息的时间珍贵，谁会没事渡河，跑到河的北面去观光？旅游不是生意人的闲情逸致。至于投资，偏离商队的路线，绝对不聪明，谁会辛苦地渡过喀布尔激荡的河流，到河的北面投资建设呢？据说，古代的河床，比现在要宽阔，水流汹涌呢！

阿富汗缺水的地方多，喀布尔河，今不如昔，有时，甚至会断流，露出河底久远的荒芜。不过，喀布尔河的沿线，倒是商业的集结地，正儿八经做生意的商人，或者偶然卖点东西的市民小贩，杂乱地汇合着，构成了喀布尔生活的特色，即使国家战火频频，人们依旧按自己的需求，顽强地生存下去。

与许多著名的城市一样，穿过城市中心的河流，在历史上，是城市得以诞生和繁华的基础，现在，则是城市生活多样化和有滋有味的依托。

那天午后，我们想寻访的，正是喀布尔生活的元真状态。

十

喀布尔的市民，好像对养鸟感兴趣。

我对他们的文化传统，知之不详，只是浮光掠影的一点感觉。喀布尔河畔的市场上，你可以看到鸟的买卖。有身旁堆着成批鸟笼的商贩，间或，也有单独叫卖的散兵游勇，手掌托起一座鸟笼，里面关着一只或者两只叫不出名儿的小鸟，在等待识货的客人，以便讨价还价。刹那间，你会有时空的错觉，仿佛闪回了昔日老北京的街头，胡同口，拥挤着喜欢夸鸟斗鸟的遗老遗少，喧哗吵闹，空气中弥漫着鸟屎的腥臭。

眼下，战事不绝，喀布尔市场中，想要买鸟的有闲者终究是少数，平常的交易，大部分围绕着生活的必需展开，主角是羊肉的买卖。肥肥的整羊，被剥去了羊皮，白花花、肉嘟嘟地悬挂在大铁钩上，散发出诱人的鲜肉的香气。至于厚实的羊毛地毯壁毯，也许是市场上比较昂贵的商品，编织的图案，多数与伊斯兰文化相关，比较简单的，是骆驼等动物的形象。这些毯子，都是当地人手工编织的产品。按中国市场的定价规则，手工编织，属于高价商品。

我和同伴对鸟儿没兴趣，也无意采购羊肉或者毛毯，我们散漫的目光，扫过地摊上杂乱的瓶瓶罐罐，那些具有异域色彩的陶罐和瓷器。当今世界，做假是普遍现象。阿富汗制造业落后，造假的本事也许比较差些,但是,谁敢相信,那些号称古物的瓶瓶罐罐,确实有一大把年纪呢?因为环境陌生,加上语言障碍,也不敢蹲下来与商品的主人详细探讨真伪。我们就是浏览浏览而已,算是增加一点异乡的感知。

  人的兴趣,多变。在上海,我光顾过的市场,屈指可数,主要是几处交换邮票的地盘。少年时代,我曾经迷恋于方寸之间,收集那些五彩缤纷的邮票。一般的商贸市场,我连大门都不愿进,那种肉类鱼虾的怪味,实在呛鼻子。在喀布尔,没地方逛,只得跟着哥们,在嘈杂的市场里消磨时光。他打算买一只漂亮的水壶，带回去孝顺母亲。可是，看来看去，没有入眼的玩意。

十一

在一个阿富汗少年的面前，我停住了脚步。他抬起头，静静地望着我，目光犹疑，稍带点羞涩。他约莫十来岁，身上的衣衫破烂肮脏。在闹哄哄的市场里，与众多老练的生意人相比，他是比较独特的存在。少年席地而坐，身前，摊开一本手工制作的册页，好像经过火的洗礼，边角上有烧焦的痕迹，好在主体部分是完整的，看得出，这个册页，是私人精心制作出来的邮票集——玩过集邮的我，目光一扫，就认出来了。

小学四年级开始，由于同桌的影响，我成为集邮的爱好者。起初，醉心于收集父母的信封，把信封浸湿，小心翼翼地将花花绿绿的邮票剥下来，晾干后放进自己的邮集。偶尔，去邮票市场逛逛，补齐某套邮票的缺憾。后来，父亲见我喜欢集邮，觉得在信封上收集太累，开始给我买回装帧精美的邮票年册，不费吹灰之力，就能把全年发行的邮票收集完整。那些年册装帧得十分精致，捧起来，令人爱不释手，不过，太容易到手了，集邮的快乐似乎大大减少，因缺少一枚邮票而到处寻找的渴望，想方设法与同学交换珍藏的焦虑，消失在整齐划一的邮票年册中。再后来，父母已经丢弃了写信的传统，改为发送电子邮件，解决对外联络的各种需要，我的集邮爱好，随之无疾而终。

我蹲下身子，忍不住用手摩挲那本册页，模样老式的册页。我想，在我的故乡上海，这是过时的东西，大约已经没有少年人玩这个，不会费时费力，自己动手制作邮票本。这本册页，收集的并非纪念性的珍邮，全部是最普通不过的邮票，邮局里出售的，寄信时贴的邮资票。比较特别的，是收集了几个国家的邮票，阿富汗的、印度的、巴基斯坦的、俄罗斯的、美国的，还有两张小方块票，是中国邮政局发行。统统是盖章票，显然都是从邮寄的信封上取下的。

我有点纳闷，这个阿富汗少年，为什么把自己耗费过心血的邮册，拿到乱哄哄的市场上来？对他而言，邮册珍贵非凡，即使有烧焦的边角，依旧具备独一无二的价值，储存着他许许多多的喜好和记忆。不过，对市场上其他人来说，那是可以随手丢弃的垃圾，分文不值。

破烂的衣裳里面，是一具发育不良的躯体。他的眼睛天真地微笑着，显示出内心的单纯；大约少有人在此停留，他分明对我的关注存有渴望。我的好奇心油然而生，驱使我想读懂他的内心。少年不懂中文，我也说不上一句完整的阿富汗语言。我们的交谈，依赖人类都能会意的手势比画，幸亏，他还能说几句简单的英语。我的英语水准，在大学时代基本停留在及格与不及格的悬崖上，不过，作为手势的辅助，多少够用。

几句英语，几轮比画，我终于渐渐明白了，他的家毁于战火，他的书包也烧掉了，他抢救出来的东西，只有这一本邮票册页，他想用它换点儿钱，再去买一本小学的教科书。

可怜的孩子！

我玩世不恭,并非容易动感情的人,那一刻,我的心突然颤抖,犹如被电击一般,少年人的遭遇和他渴望的神色,使我感受到无言的痛楚。

我回头,看看沉默地站在身后的兄弟,嘶哑地说:"我要买这本邮票集,你帮我付钱!"我身上没有阿富汗的纸币,只得求助自己的伙伴。

哥们脸色灰暗,眼帘下垂,不知他在想什么,表情凝重。他一直站立在我身后,应该听懂了孩子的故事。这样的故事,在我们祖辈身上也许发生过,但是,今天的中国孩子,恐怕难以理解。哥们没有答话,只是从包里取出几张阿富汗尼，票面上印着"500"的字样。我不知道它们代表多少购买力。看上去，阿富汗少年对这个价格相当满意，他望着阿富汗尼，笑了，又紧张地审视着我们的神色，确认钱是给他的，然后迅速抓过纸币，捧在怀里，深深地向我们鞠躬。

十二

离开喀布尔河，离开那喧嚣杂乱的市场，回我们的宾馆去。

再见——会再见么？恐怕难！哥们家的投资，少说上千万，多半打水漂，这个伤感之地,未必有兴趣重新光临。我么,第一次踩踏了生死临界线,内心的伤痕,也不会很快消失。

路上,见同行者沉默无语,若有所思,我想逗他开口,便扬起手中捏着的邮册说:"你代我付的阿富汗尼,值多少人民币?算一算,我还你!"他微微苦笑,淡淡地回答:"一点小钱,不必了!"他略一迟疑,终于说出心中纠结的念头:"我们两个大男人,会不会上小孩子的当啊?听他唱了一出独角戏?"

当下的社会,骗局多,难免疑神疑鬼。我仔细看看那本烧焦边角的邮册,我知道，收集这些不起眼的邮资票，要花费大量工夫。设计这样的骗局，未免过分辛苦！衣衫褴褛的阿富汗少年，唯有双眼闪烁明媚的阳光，那种无邪的光彩，来自心的深处，无法伪装。演技高超的明星，能够装哭装笑，却没法显露天然的无邪！活了二十六七年，在学校里，在游戏房，在酒吧饭店商城，各色人物均接触过，具备起码的辨别力，我坚决地否定了他的猜疑，"你想多了！那只是个想读书而没钱买课本的孩子！"

"好吧，为你心中的善念喝彩！"他狡黠地眯缝着眼睛。我懂得他话中挖苦的意味。我们从小玩耍在一起，打闹在一起，熟悉对方，犹如熟悉家里饲养多年的宠物。他知道，我不是感情外溢的男子——衣帆除外，我对她的迷恋，到了毫无理性的程度，这也是让伙伴们愤愤不平的地方。为了和衣帆的约会，我多少次拒绝一帮兄弟安排的活动。

那一刻，阿富汗男孩，到底触动了我的哪根神经，让我情不自禁地对他伸出援手？起初，我以为仅仅是恻隐之心，他让我回忆起少年时代集邮的爱好，我早已慵懒得不想打开那些精美的邮票年册，他却异想天开，打算出售千辛万苦收集来的旧邮票，目的不过是换取毁于战火的课本。太可怜了！在和平的岁月里浸泡得久了，大约没法体会炮弹威胁下的生存。

几天以后，回程中，反复端详那本着过火的邮册，我开始计划人生轨迹的漂移，第一次由我自己来设计生活目标。那一刻，我突然醒悟，是男孩眼睛里蕴藏的对学习的渴望，对最寻常不过的和平生活的追求，突然震撼了我的心灵，开启了我在安逸的梦境里迷失的智慧。他和他简陋的邮册，让我从浑浑噩噩的日常中苏醒。严格说起来，不是我伸出了援助之手，而是他纯正无邪的眼神，刺激了我日渐麻木的神经，青春的活力，在不断重复的游戏动作中消磨掉的活力,突然回归了。

"好自为之"?衣帆留下的冷冰冰的词儿,让我品出点新鲜的味道。她绝望于我们之间的争执,不相信能够改变我的人生态度,只有干脆放弃,而让我按自己的意愿生活。她无法预料,阿富汗几天的经历,对我内心产生的巨大冲击,远远超过她喋喋不休的絮叨和千百次的耐心规劝。

十三

啊?人生目标!按我过往的体验,

属于无聊而滑稽的词汇。

  我和衣帆的矛盾，正是由此而起。在两三年甜甜蜜蜜的交往之后，关于离开大学之后的去向，稍稍展开讨论，我们产生了芥蒂，在反复的争执中，两人的关系，被撕开了一道深深的裂痕。

  认识衣帆，是在我大四那一年，学校后面小路上，有一家档次不低的网吧，干干净净，座位舒适宽敞。我早就是那里的常客。我自己的寝室，是四人间，也很自在，我的床头，有一台高配置的手提电脑，当然是用老爸的钱买的，玩各种游戏，绰绰有余。不过，我不愿在寝室里玩，室友中有位学霸，天分极高，还整天啃书本，有人拿数学难题来请教他，室友总是高傲地瞥人一眼，也不答话，在草稿纸上，三下五除二，迅速演算出来。寝室中，他的气场强悍，喜欢玩游戏的我，没法舒适地安顿。后来，我选择泡在网吧里，才觉得身心愉快，主要是迷恋那里的气氛，迷恋一帮弟兄们身上发散的荷尔蒙。忘情于激烈的战争游戏时，浑身发热，常常脱得只剩了汗衫，网吧里弥漫着多种汗味，按物理学的概念，香臭源于差不多的分子，汗味造成的感觉，是舒服还是不舒服，看你个人的习惯了。网上有一种高论，说沉浸在游戏世界的青少年，雄风大减，连追求女孩的动力也全然丢失。我给出的评语，那个稀松平常，男孩青春的荷尔蒙，是追求女孩的原动力，在激情的游戏对战中，荷尔蒙挥洒干净，就懒得做辛苦的追逐异性的游戏。

我们驻扎的网吧，常客全是男孩，所以更加放肆，经常只穿着背心短裤疯玩。衣帆进入我们的圈子，纯属偶然。当时，我们决定组织一个战队，去游戏大赛中显露身手。那次比赛，有一条奇怪的规则，要求战队中必须有一名女选手。我们面面相觑，想不出如何接招，有个玩家笑起来，开口推荐了他的表妹，说她绝对是游戏中的巾帼英雄，正在另一所大学读数学系大二。我们将信将疑，为了应付大赛报名，赶紧让那位推荐者把表妹请了过来。当然，我们不得不收敛一些，套上了长衣长裤，暂时装扮一下绅士。

　　衣帆就这样走进了我的生活。她智商高，能考进数学系的女生，智商能不高吗？她玩游戏，有数学逻辑指引，显得从容不迫，游刃有余。那次大赛，我们获得亚军，她出力甚多。和她的智商媲美的，是颜值绝对高，气质更是卓然出群。如何形容她身上的魅力呢？我找不出适当的词汇。反正，没多少时候，就把平素不算好色的我，迷得神魂颠倒！

我比她高两年级。等她升到大四，我毕业已经两三个年头。我既没有考研的打算，也不想开始工作。我还没有玩够。父母给我的零用钱，远远超过大学生期盼的工资。我能够对啥职业产生兴趣呢？

每星期，与衣帆约会几次，吃最好的西餐或中餐，其余的时间，大部分泡在网吧里。衣帆不满我的懒散，时常说我几句，我不屑争，也坚决不改。她唠叨得多了，听着烦，两个人都不开心。后来，矛盾尖锐起来，闹到吵嘴，甚至吵得不可开交，是她临近大学毕业的时候。她开始认真谋划未来的生活，我则笑她自寻烦恼，笑她无事生非。妈早给我透过家底，老爸财运滚滚，我在他的商号里挂个名，比我去五百强企业做高级白领舒适多了！眼下，我连那个名也懒得挂，想用钱，信用卡刷就是，人生得意须尽欢，衣帆何苦乱发愁？

吵得厉害时，衣帆咬牙切齿骂我没出息，长不大，像永远叼着奶瓶的小傻瓜。当时，那句话刺痛了我，我气得骂了句粗话，转身丢下她就走，足足三天没有联系她。

这会儿，在喀布尔，我突然产生了做一点事情的冲动，也许，这就是衣帆曾经对我的期望,希望我自主设计人生的目标,不要整天安逸地躺在父母的护佑之下。

可惜,我没法告诉衣帆,让她知道我的梦醒,因为我失去了与她联络的所有通道。

当你失去什么的时候,或许,才会真正懂得它是否珍贵。

无处诉说,无处表达,那是一种什么样的愁绪?

十四

我和哥们约定,回到上海,压根儿

不提阿富汗的冒险之旅。几乎丢了小命的故事,会吓坏我的老妈,她本来就是一惊一乍的脾气,听到路边炸弹的历险,还不吓出心脏病来?再说,她还敢放我出去混江湖吗?若是断了接济的粮草,我就没法实施后面的计划。那个计划,没有一笔大钱打底,根本做不下去。

家里很有钱,我清楚,外人也猜得到。在我们居住的别墅区里,我家占的地盘最大。走进花园,一道两米来宽屏风似的假山,相当招眼。其实,更招眼的东西隐在假山后面。巨大的钢条笼子中,养了两只黑色的健壮的藏獒,光照不强的时候,假山后大片的阴影里,粗粗一瞧,像两头壮实的黑熊,怪吓人。它们站直身子,几乎与我齐肩。喂养藏獒的,是个膀粗腰圆的北方汉子。据说,藏獒只听一个主人的指令,就是从小把它养大的主人。因此,父亲用重金买回藏獒,同时就用高工资请来它们原先的主人。

人家养狗,是作为宠物玩,我们家谁也不敢靠近藏獒。藏獒进入我家,父亲最开心。他原来失眠,夜里常常起床,在家里巡视,重点检查三楼的储藏部位,精心收藏的宝贝们,是否安泰。现在,他安心地呼呼大睡。他认为,任何贼人也不敢挑战藏獒。我的脑子里,曾经闪过一个念头，假如北方汉子指使藏獒攻击老爸，那可如何是好？不过，也只是偶然的闪念。那位北方汉子十分憨厚，不像脑后长反骨的。

父母富到需要藏獒守护的地步，对他们唯一的儿子，自然相当大方。只要我张口，他们几乎没有回绝过。不能涉足"黄赌毒"，不能拿生命冒险，这是他们给我划的底线。

原先，向老爸要钱，全部是为了自个花费，要个几万人民币而已。今儿头一回，打算实现一个异想天开的计划。真实的想法，暂时不愿意向老人和盘托出，如何开口，就打了几回腹稿。我的设想，需要很多很多的钱托底，此刻，我突然明白了浅显的真理：有位富得流油的老爸，既是花天酒地时的靠山，也是正儿八经想做点事情的依傍。

　　父亲到底是如何发财的，我从来没有刨根究底，只是在老爸老妈的闲谈中，大约地听到过。祖上几辈人，都是中医。先祖是行走四方的游医，行踪不定，江南江北都跑，哪块地方欢迎，就多住些日子，多看几个病人。得些医资养家，是首要目的，同时以医交友，传播自己的名声。一九四九年之后，游走行医不时兴，受到各种规矩的限制，祖父不得已在上海停住脚步，凭他的学历资历，进不了大医院，只能在一家著名的中药房安身立命，管验方配方，也算经验丰富的驻店医师，有时，碰到老主顾，给人家号脉开药，是被药房许可的。老爸从小跟着祖父学习，算是接班，也在中药房扎了根。不过，老爸志不在此，他非常自信，认为自己本事不在那些大医院的老中医之下，为何不能成为上海滩的新一代名医？老妈说，他心气高，如何安心在药房拿点死工资，渴望着哪天能腾云驾雾，做成一番风风光光的事业。

成就父亲梦想的，竟然是祖上传下来的一只犀牛角。

中医世家，自然晓得犀牛角的珍贵，属于名贵药材，有些救命的方子，会用到此物。至于富贵人家，用它滋养补身，那是奢侈，一般百姓，恐怕活一辈子，未必亲眼目睹此物。祖上的犀牛角来自何处，没有人说得清楚。祖父和父亲，是当传世珍宝一般，严严实实地藏着，家里人都不知道藏在哪个秘密之处。据说，上世纪中期，特大自然灾害，没粮食吃了，家里人饿得哇哇叫，祖父才肯裁下一段牛角，卖给中药房，换回一点高价的粮食，也算是起到救命的用途。

某年，突然有人在上海市面上急寻整只犀牛角，应该是巨富之家，说是为了救老太爷的性命，不惜天价，指定要藏了多少年的老货，巨额现金求购。那时，祖父已经过世，中药房里的老伙计们知道父亲有此宝物，就把消息捅了出去。买家真心诚意，手提箱装满人民币，找到了我们家。那时候，用信用卡是稀罕事，普通家庭又不会使用支票，买贵重之物，靠大量现金，搬来搬去，非常麻烦。

父亲向来把犀牛角视为传家宝。不过，面对高于市价十几倍的现金，他还是动心了。何况，对方买回去是为了救命，也算做好事，最后，父亲痛快地接受了交易。他老实地告诉对方，犀牛角不是完整的，曾经裁去一角，诚心要的话，可以议价。对方买回去，原本不是为陈列观赏，而是做药材用，也就不在乎那点裁去的角落，相当爽快，连开出的价钱也不减分毫，只求迅速达成买卖。一手交钱一手交货，来人把犀牛角细细包裹，放进随身携带的大箱子，又笑道，他只是跑腿办事的，只要让老板满意，多花少花，不在话下。连连拱手，心满意足地回去讨赏。

有了那么多的钱，派什么用处呢？

父亲再三思索，做出了他平生最伟大的决定。他毅然辞去了中药房的职业，决定到亚洲南部寻宝。他有师兄弟在那里行医，可以帮助他买到新的犀牛角。用卖一只老犀牛角的钱，换回十几只新犀牛角，这是百年难遇的好买卖。至于后来，犀牛角的价格扶摇直上，只能说是命运的眷顾。父亲原先是药房灰头土脸的坐堂，整天穿一件蓝长褂，在浓郁的药材气味里把着秤砣，不敢看错了分毫。到后来喝茶闲聊就能赚大把的金钱，迅速成为大富大贵的商人，全凭祖上传下的犀牛角啊。好运来了，挡也挡不住，母亲越发虔诚信佛，整日烧香点烛，家里总是弥散着庙堂里的气息，乃顺理成章之事。

十五

犀牛角名贵，价格高得离谱，那个走势，连处于漩涡中心的父亲，都说看不懂。依我的理解，八成是商人们囤积居奇的结果吧？无商不贪，我父亲嘴巴上啧啧称奇，心里是巴不得它涨上天去，所以也是推波助澜的一员。至于说，除了药用，富贵人家还用它养生，祈求延年益寿，大约属于世间诸多幻局之一吧？自古以来，能够让人长生不老的东西，总是因稀罕而价值连城。可惜的是，长生不老之方常有，长生不老之人未见。人不长记性而已。

犀牛角除了入药，平时食用的方法奇特，那黑乎乎坚硬的质地，再厉害的牙齿也啃不动。需用特殊的机器刨出花来，然后用沸水煮了品尝。考究一点，就是用类似咖啡蒸馏器的玻璃烧锅，当着品尝者的面，热腾腾，雾气缭绕地煮过，斟入水晶杯里，趁香气未散，徐徐地饮了，感觉是人间难得的甘露。所以，东西昂贵与否，还需特殊的器皿衬托，靠繁琐的程序点缀。

我头一次带衣帆到家里，自然是趁父母外出的时候，并且是从别墅的后门——汽车库的铁门进入，惟恐她被黑乎乎的藏獒吓坏。我决定用别出心裁的物品招待女孩,就把玻璃烧锅的程序演绎一遍,端着那黄澄澄透明的液体请她喝。她问是啥,我笑而不答,要她尝过后猜。她抿一口,眉头抽紧,差点喷出来,连连责怪,什么玩意,腥气得不得了!我笑话她,说小女孩娇气矫情,哪有那么难喝!只是一点蛋清的气味而已。我告诉她,这个东西美容养生,对女孩子好处多了。她偏抿紧嘴巴,再也不肯喝丁点。后来,知道是稀罕的犀牛角煮出来的液体,更加心生反感。她说,犀牛是珍稀动物,怎么能用它的角来当饮料?我不以为然,说那个角肯定是从死犀牛身上取下,珍稀不珍稀,一样死了,反正不是我们害的！她骂我混账，她说，有人出高价收购，才有人违法偷猎。

衣帆的那一番话，让我刮目相看，我从来没有想过，父亲收购犀牛角，实际上是参与了鼓励猎杀珍稀动物的犯罪。后来，我和父亲认真谈过这个问题。他见我突然关心他的生意，不由刮目相看，也就不打马虎眼，老实回答了我的责问。他说，第一桶金，确实靠犀牛角赚来。后来，他不敢再干这生意，知道与珍稀动物相关的生意危险，转为做东南亚特殊的木材，比如沉香之类的买卖。他的解释，让我放下心来。在商言商，赚钱无可非议，犯法、刀口舔血的生意，自然碰它不得！

十六

与父母的谈判,直截了当,要他们给我准备相当于三十万美元的资金,后续,可能再要个三五十万,不是立刻提出那么多现钱,只需保证我的信用卡能刷得出来,不被银行拒付。

老爸问我,这么多钱,派什么用途?我笑笑,潦草地回答,想多看看世界,在欧美各国转转。老爸沉吟,他对我的言不由衷,明显不信,眼睛里满是疑惑,没有痛快答应,却也没有拒绝,这是他与儿子打交道的习惯,不想马上做出决定的,就用沉默拖延。

母亲在一旁听着,神色高度紧张,紧张中又夹着兴奋,趁父亲去洗手间,她狡黠地轻声问:"不是你一个人去玩吧?是不是还有那个女孩?"做妈的,总是对儿女的爱恋敏感。她见过一回衣帆,是在别墅区的大门口,我送衣帆出门,她正好回来,匆匆一瞥,其实是狠狠一瞥,印象深刻,后来,常不经意地问起,那个漂亮的女孩,怎么不来玩啊?我一直没有正面回应她。现在,她是自作聪明,寻思儿子要带女友去逛世界。我的回答,干脆地断了她的念头,我说,我现在根本没有女朋友!

老爸从卫生间回来,显见得拿定了

主意，不慌不忙地说："出去看世界，非常好，我们支持！不过，"他稍稍停顿，像是要选择适当的字眼，"不过，有三十万美元，足够吧？还要准备三五十万，另有什么计划呢？"

老爸是精明的商人，在数目的估算方面，我绝对不是他对手。我只得回答："准备买些收藏品，不是你商业方面的那一类，那些我没兴趣，我喜欢收藏文化类的。"

听我这么一说，老爸连连点头，"你有这样的计划，更要支持。但是，文化方面的收藏，那点预算，差远了吧？无妨无妨，我们是你的后盾，找到满意的合适的,尽管告诉爸妈!"

老爸豪爽地结束了我们的谈判。事情比我想象的简单。我原来还担心他们刨根究底。看样子,他们对我无所事事的日常生活,已经有点儿警惕。怕我发胖?担忧我身体机能衰退?甚至害怕我患忧郁症?不管他们操心得是否对路,只要愿意出钱支持我的计划,就万事大吉。

十七

获得财政保障后,为了评估手中计划的价值,我决定去求教一位大学教授,在世界历史方面，声名显赫的教授。

认识他，还是靠了衣帆。他是衣帆的远房长辈。衣帆一直没有带我去她父母的家。我并不在乎，我喜欢与她在一起，但作为她的男友上门，处处小心翼翼，实在难堪。衣帆不提这事，我乐得轻松。直到衣帆突然消失，我才开始猜测女孩的心机，难道她早就预料到分手的前景？

衣帆的亲友，我只见过这位历史教授。当初，衣帆临近毕业，是接着读研，还是先谋求职业，拿不定主张，便想找这位名教授咨询。现在回想，她把我带去，属于女孩的智慧，她无法说服我，改变不了我将游戏与生活合二而一的态度，就希望通过教授高屋建瓴的思想，影响我对人生的看法。她最为反感的，是我不求上进，躺在父母的供养上，饱食终日，无所用心。她忿忿地说，也许，像你所说，你父母的钱，子孙重孙都用不完，你尽可以心安理得享受，但是，我不愿意！一辈子吃玩享乐，不是我的选择！我们经常为此发生争论。在进入教授所住的大楼前，还争得面红耳赤。我喜欢衣帆，喜欢得入迷，但她居高临下的教诲，作为一个高傲的男孩，绝对受不了。在这样的情绪下，那天，我对教授的高谈阔论，提不起兴致倾听，仅仅是沉默之旅,做了一次衣帆的跟班。在教授的心目中,我大约是一个不善言辞的傻小子。

眼下,我决定独自寻访教授,并非想通过这条渠道联络衣帆。我不笨,假如衣帆下决心与我断了联系,凭她的智商,肯定做了堵塞通道的安排,让我没法利用教授达到目标。我何必自寻没趣?

从阿富汗归来,虽然设想出自认完美的计划,内心还是缺乏底气。毕竟,大学毕业后,我荒废的时间太长,读书更是三天打鱼两天晒网。我非常渴望获得高人指点。父母的亲朋好友,腰缠万贯的，数得出一把，在文化涵养方面，能让我信服的，几乎为零。于是，我记起了衣帆的远房长辈，那位不到六十岁的历史学教授。做衣帆跟班的那一天，我沉默无语，近乎木头人，但教授始终微笑待客，没有让我难堪，给我留下深刻的印象。

我给教授家里打了电话。我记得，他有午睡的习惯，而且是在两点准时回到办公桌前。第一次拜访，衣帆站在他家门前，盯着小巧的腕表，直到时针准确地指向两点，才按响门铃。

教授沙哑的嗓音，响起在电话的另一端。我报上自己的名字，他显然记得，略略拖长了声音道:"噢,是你啊,年轻人!"我猜得出,他正估摸我的动机,在盘算如何应对突如其来的电话。如果衣帆关照过切断联络,他肯定不会给我机会。

我只好开门见山报告:"教授,我知道你著作甚多,我有一个编书的计划,想获得你的指点!"

"你?编书?"教授的声音,毫不掩饰惊诧,我的情况,衣帆多少向他做过介绍,他无法想象,在我这个浪荡公子和编书的活儿之间,存在关联的可能性。我只能继续恳切地表白,确实有一个十分独特的出版设想,希望他不吝赐教。教授是个宽厚的老师，那天，我听着他对衣帆的开导指点，就明白他内心的善意，特别是善待后辈。果然，他在我诚挚的纠缠之下，终于答应让我登门求教。我喜出望外，赶紧说明，我已经站在他所住的大楼底下，我只占用他半小时，请他允许我立刻拜访。

话筒那面，最后传来一声无可奈何的轻叹，他勉强同意了。

十八

那天，衣帆带我去见教授，听着他们的对话，近观教授侃侃而谈的风度，我不无遗憾地暗自感叹，我曾经有过选择的机会，选择人生的方向，也许，会有机会，走到历史学教授的门下。可惜，年轻的岁月，迷茫的岁月，不知不觉中，错失的机遇，永远地错过了，没有重新走一次的可能。

填写高考志愿的时候，如果由着我的喜好，商业类经济类的专业，绝对不会入眼，那是我丝毫没有兴趣的学科。我喜欢的东西有限。喜欢文学？我只是爱读金庸他们的武侠小说而已，正儿八经的名著，我拿起来就想瞌睡。自然科学方面，讨厌拐弯抹角的数学逻辑，讨厌拗口的物理公式和难记的元素周期表。让我感到津津有味的书籍，只有历史读本。在我高中三年，特别是丰富的世界大历史，让我着迷。我宁愿逃课，用种种莫须有的理由逃离学校，在书城中阅读那些厚厚的历史画册。斯巴达克斯起义、伯罗奔尼撒战争、十字军东征，等等，让我忘记了学校数理化的枯燥课程，有些精彩的历史故事情节，在我的梦境里反复出现，自己成为某个历史场景的主角。

爸妈听说我想选历史专业，接连摇头。妈首先尖叫起来，"你不会想去考古吧？刨古代的墓，多不吉利的事，不能做，千万不能做！"她看过几本盗墓小说，以为学历史的，将来的出息就是干那个活。老爸当然知道历史和盗墓的区别，不过，他一心要我继承他的家业，坚决主张我选择经济方面的专业。我心里嘲笑他，干他的事情，犀牛角？黄花梨？沉香？需要学什么经济商业知识？有一点辨别真假的眼力，有破釜沉舟的冒险精神，再加上有支撑闯南走北的体魄，足够啦。真要满腹经纶，反而缩手缩脚，啥也干不成。

到最后填写志愿时，我已经心平气和，懒得和父母争论。反正，我从来没有设想，在大学校园里挣多少出息。好几个哥们说，中学吃苦，大学放飞，家长不知,老师不管。四年本科,本来就打算尽情游戏人生。只要父母给我够花的零用钱,学什么,且由他们做决定,学业不好,也方便往他们身上甩锅:谁让你们给我选了做生意的专业?那些东西,我根本没有兴趣。一句话,就能呛得父母目瞪口呆。

那次,面对大学教授的高谈阔论,我心中竟隐隐产生了点儿后悔。如果我坚决选择了历史专业,也许,四年的本科生涯,不会完全虚度,读那些影响人类命运的故事,挺合乎我的口味。哪怕做教授的研究生,再苦几年,读它个硕士,也是会有兴趣的!

可惜，人生没有后悔药可以品尝，那些无奈的念头，也就是在大脑中一晃而过，连衣帆都不知道我内心的波澜。

今天，来拜访教授，事前，竟然认真做好了项目计划书，八页A4纸，打印装订，整齐美观。在我的记忆里，大学四年，暑假前准备考试，也从来没有如此肯花费精力。

天地良心，我这么做，并非居心叵测，为了通过教授寻找再次通往衣帆的路径。在经历了喀布尔死亡之旅以后，关于人生，我有了许多新的感悟。在我和衣帆之间，有没有重新交汇之缘，恐怕得看天意如何。我拜访教授，真心实意，希望获得智者的点拨，在踏上征途之前，有更加理性的判断。

十九

到底是历史学教授的书房，小小的空间，到处发散着来自远古的气息。头一回，衣帆带我进教授家，我们是坐在客厅沙发里，未发现有多少与众不同的摆设，今天，教授把我引进他的书房，便看到诸多他个人喜好的物品。书橱前，有暗红色长条状的矮桌，上面摆开一溜的木质雕刻，其中，我认得出渊源的，有脸上涂彩的印第安人的形象，还有非洲部落狩猎者夸张的造型；另外几尊，那些手持刀枪的武士，我辨认不出属于地球上的什么部落，是神奇的玛雅文明的守护者，或者是来自太平洋上某岛国的部落勇士？书橱的玻璃门后面，在密集的书籍前面，有各种古代动物微缩的造型，我熟悉的恐龙、野象之外，另有一类我叫不出名称，面目狰狞，长长的牙齿，剑一般刺向前方。在博学的教授面前，曾经狂热地阅读过大量历史书籍的我，显得浅薄、苍白。在书桌后面的墙上，挂着一幅造型独特的地图，我仔细看去，地图上有文字说明，竟然是古代的丝绸之路。

教授时间珍贵，谈话直奔主题。我带来了打算向教授求教的书面作业。我的计划书，第一页是赫然醒目的标题和副标题："战争与和平——以摄影和邮票的图案表达"。在八页打印纸的外面，用透明塑料夹套包装过，像模像样，很正式的文本。恭敬地将它递到教授手中时，我敏锐地察觉，教授的目光迅速扫过首页，显出略微惊讶的神色。

他嘴里轻声念了一句："《战争与和平》？"他抬头望着我，"托尔斯泰小说的名字啊！你读过？"

我肯定地点点头。外国小说，能够从头读到尾，对我是稀罕的事。这本巨著,在高二的时候,我就啃完了。它的内容,属于我感兴趣的俄国历史,是了解十九世纪俄罗斯生态的读本。

教授笑笑:"不错啊,托尔斯泰最有价值的作品,至少,我这么认为。"他有一目十行的能力,说话间,好像已经把计划书翻看完毕。附在计划书后面的,是那位阿富汗少年简陋的邮册,边角烧焦的小本子。他把计划书放到书桌上,端起邮册,很仔细地翻看。在项目书的第一页,有一个"缘起"的说明,讲述了我在喀布尔近郊被路边炸弹掀飞的惊险,又讲述了在喀布尔市场发现邮册的经历,介绍了那位渴望获得课本的阿富汗少年。正是这一连串的遭遇，使我萌生了做本项目的冲动。我相信，教授一目十行的扫视，应该清楚了解到我本意。

他凝神思考的时候，目光透过眼镜，望向挂着吊扇的天花板，短短的几秒钟，他的眼神回到我身上，微笑着问："你觉得，托尔斯泰的这部小说，意在讨论战争与和平的关系？"

我一怔，望着他意味深长的微笑，顿时明白了他问话的含义。我被自以为是的情绪诱导，在细节方面疏忽了，当时很得意，觉得借用这本经典的书名，朗朗上口，说起来响亮，却可能被抓住曲解原意的把柄。我喃喃地说："我只是想借用他的名称,仅仅是借用。如果不合适,我可以修改!"教授很敏锐,他抓住了我的差池。托尔斯泰的那部名著,重点肯定不是讨论战争与和平的关系。面对拿破仑进犯俄罗斯的局势,民族生死存亡之际,他想表现的,是真实的社会形态,当时的俄罗斯,特别是贵族精英们,面对危难时各种精彩的表演,被作家妙笔生花地描绘出来。老人描绘的,是"战争与和平"严酷的图像,而不是讨论"战争与和平"形而上的关系。

教授摇摇手,"未必要改啊,那些词儿,也不是老先生的专利,你用来做别样的演绎,没有障碍啊。"他把那本烧焦边角的邮册小心翼翼放下,点点头又道,"你想法不错,用各种艺术图案鞭笞战争的祸害。不妨再说说,你具体操作的打算。"

我告诉他,我准备了一笔旅费,去欧洲美洲,各处走走,远处先去,最后,亚洲诸国也要转一圈。为了避免版权授权的麻烦,也为了书的新鲜感,尽量少用现成的作品。摄影本来是我的爱好,打算在旅行中大量拍摄,在此基础上,最后精选一百幅,用于编辑出版。摄影的重点,部分题材是与本项目相关的雕塑,也会拍摄被战争摧毁过的区域,包括后来的重建。至于各国的邮票，反映"一战""二战"和其他重大战争的纪念邮票，都在我目标之内，尤其不会放过人民深受其苦的图像。

这些设想，在我脑海中盘旋了不少时间，面对教授，并无怯意，我侃侃而谈，显得胸有成竹。他频频点头，脸上渐渐堆起了赞许的神色。

二十

我的想法说完后，书房里有短暂的静默。在书桌的右侧，立柱式的花架上，安放着一架欧式座钟，清脆的鸟鸣声响起，一只翠绿色的鸟儿，从时钟的刻度盘下探出脑袋，摇头晃脑地显摆后，重新躲回它的小屋。时间过得飞快，已经是下午三点。

教授沉思片刻，起身，走到背后的书橱前，用目光搜寻着，从高处取下一本书，回过来，将书送到我面前，问道："这本小说，你读过吗？"

我读过的世界名著，实在少之又少，托尔斯泰的《战争与和平》之所以吸引我读完，是因为其中蕴藏了大量引人入胜的历史。我看着教授递过来的书，封面上大大地写着：《永别了，武器》，惭愧地道："只是在哪里读过它的提要……"

教授哈哈一笑,不无讽刺地说:"噢,我想起来,有外国文学名著提要一类的书,让没读过的人,也可以像模像样地闲聊!"

我一脸尴尬,他挖苦得没错,当初,找那些名著提要的书,目的就是为了和朋友聊天时,假装读过许多经典。这一招,曾经迷惑过衣帆。我们认识之初,不能仅仅说点甜言蜜语,男孩么,海阔天空的本事很要紧,我总是能把中外名著的角色挂在嘴边,她以为我博览群书呢,殊不知,全是靠"提要"之类在肚子里撑着。

我心知肚明,教授没有嘲笑我的念头,他找出此书,应该是一番好意。这本书的主旨,被醒目的书名所揭示,反对危害人类生存的战争,希望与武器告别,与我当下构思的图册,意蕴非常贴切。我认真地说:"假如您把书借给我,我连夜开读,两三天内,完璧归赵!"

教授乐起来,"连夜开读?行啊,拿去吧。"他把书交到我手中,笑着补充一句,"有个条件,你读完需要思考一个问题,作品的男主角,一位曾经参加过残酷战争的老兵,后来品尝了人生的百般滋味,在小说结尾的时刻,他是什么样的心情,有何种感悟,对于人类能不能与武器永别,是充满信心还是一肚子疑惑?"他一口气把问题抛出,稍稍停顿,缓缓地道,"你不用告诉我答案,自己想明白就可。"

我必须告辞了。那一刻,我突然有点不舍得离开那间书房,和一位睿智的老人交谈,竟然是那样快乐。选择大学专业时,我为什么没有坚持自己的爱好,而服从了父母的意愿?假如我选择了历史专业,也许我不会浑浑噩噩混过四年,也许我有机会走到智者的门下……

他把我送到门口,停住脚步,脸上的神色严肃起来,"年轻人,你做选题计划花费了不少工夫,不过,坦率告诉你，我对你能否达到自己预想的目标，信心不足！"我正在琢磨教授对我的指点，突然被泼了盆冷水，不由身子一震，现出一脸的诧异，教授发现了我的变化，在我肩膀上轻轻拍了拍，"年轻人，我欣赏你的勇气，在一次遇险之后，没有被吓破胆，反而想积极地参与生活。不过，你上门听我意见，作为长者，应该坦率，不是打击你的士气，我说了大实话。古往今来，从不缺反对打仗的智者，遗憾的是，最后胜券在握的，被历史记载的，往往是发动战争的枭雄。你想过没有，这到底是什么原因？"

这番临别赠语，几乎把我一巴掌砸

晕，我愣愣的，竟然答不上一句话，像傻瓜一样站在教授家的门口。教授缓和了语调，"不急，你慢慢想去，把我这个问题，和刚才提到的小说结尾的疑惑，以及海明威塑造的人物的命运，联系起来思考，你能透彻地想清楚了，再去做你计划中的项目，方能从容不迫，才可以做出一本真正有价值的读物！"

从他睿智的目光里，感受到他话语的真挚，体会出长者的期待。他心存怀疑，又希望我能够勇敢地前行。我从震惊中回过神来，沉着而肯定地应了一声，欠身向教授鞠躬，告辞而去。

我不知教授是否经常联系衣帆，也

不知他会不会转告我的来访。我没有理由期望她继续关注我,在她的世界里,我大约已经被边缘化了。如果她能知道我的一点信息,了解那个曾让她投入情感的男孩,并非是一蹶不振的废人,在我的内心,尚存可以点燃的青春火花,能够"好自为之",我就心满意足了。

二十一

几天之后,在我即将动身去欧洲之前,我给教授送了一个快递,把那本海明威的《永别了,武器》还给他。在书的扉页上,清楚地写着此书的购买日期,是二十几年前的事了，教授那时才三十几岁，比我现在的年龄大不了多少，估计是他修完博士课程，留校当老师的时候所买。发现购书日期时，与教授心理上的距离，突然缩短了。博学的他，一样是从年少走来。那时候，他多少也会有青春的萌动和茫然吧，也会有我现在的无知无畏吧？

还给教授的书中，我附了一封短信，用工整的字体，写出了自己的心情。已经习惯了用电子设备码字，捏起笔杆，很不适应。这是对教授的尊重，他礼貌地接待了我，我无以为谢。首先是感激他对年轻人冒昧拜访的宽容，感谢他坦

率的指教。接下去,我写了这样一段话:

"尽管您没有要求我回答问题,但是,我非常愿意把读书的心得向您报告。海明威小说的男主,经历了战争的残酷,也经历了和平生活的幸福,最后遭遇了命运无常的沉重打击。读完全书的那一刻,我心里非常压抑。男主的伤痛,深深地击中了我的内心,我想,这也许是作家不得已写出的结局,他没有把话说尽,留给读者自己思考。饱经战火沧桑的男主,不希望再有残酷的战事,但是,出于对人性复杂的感悟,他又对能不能告别武器,缺乏充分的信心。这是不是代表了海明威本人的意识呢?我无法求证,也许教授您早有答案。我将要去欧洲,开始实现我计划的第一次长途旅行。我会不断思索您提示我的问题,在饱经'一战''二战'痛苦的欧洲旅行思考,或许能够早点产生悟性。再次谢谢您的教诲!"

我的思考,渐渐触及教授提出的问题的核心。无论是亲历过战争的大作家海明威,还是如我一般只是旁观战争的普通人,我们都知道大规模战争摧毁文明的可怕,知道处于战火压迫之下众生的苦难。不过,为什么反对战争者众多,而古往今来,总有一些枭雄不顾一切地发动战事呢?

教授希望我思考的要害就在这里。他说的,对我想要实现的目标缺乏信心,实际上是说,我编辑的图文,能获得一般读者的赞同,远远不够。我能够击中那些战争狂人的要害吗?我能够让他们恐惧吗——当他们企图将战火强加给世界时,会因为恐惧而不得不缩回魔爪吗?

教授坦率地说,他缺乏信心。沿着他指引的方向,把问题层层剥开,我由于无知产生的无畏,开始动摇。

人在旅途,出发了,要停下来也难。我回答不了教授提出的尖锐问题。不过,我决定往前走,义无反顾地朝既定目标走下去。在我不到三十年的生命经历中,我头一次懂得，一个人被自己选择的使命召唤着，他的内心，会比平时强大，连他自己都不明白，那样强悍的自信，从何而来？

二十二

我访问欧洲的第一站，是法国的首都巴黎。那里有我高中的同桌，绰号猴子，像猴子一般瘦，比猴子精明百倍，他没有参加国内高考，高中之后，直接留学法国。毕业后，就在巴黎就业。

我们一直保持着密切的联系，原因，就在小小的邮票上。从初中到高中，我们始终同班，而且有共同的爱好，集邮。或者说，我喜欢上集邮，是受他的影响。有几年，我们经常结伴跑集邮爱好者的交换市场。上海曾经有几处不大不小的邮票集市，卢工市场，是声名显赫的一处，混杂着各色人等，有我们这样稚嫩的学生，也有专门靠此谋生的邮票贩子。我和同桌是那里的闪客，放学后，快速晃上半小时而已。据说，眼下集邮队伍大规模缩小，邮票贩子们赚不了钱，转到其他可以发财的领域，那些自发形成的邮票市场，也自惭形秽，不成气候。现在，残存的爱好者，购买新发行邮票的积极性比较高。每年的生肖票，重大纪念日和重要活动的纪念票，是关注的重点。我那位同桌，人到了法国，对国内新出的邮票，热情不减，我便成为他的代理人。

他属于大主顾，只要有整版邮票销售，一次也不肯放过，从遥远的巴黎，及时给我发来买入的指令。大学毕业后，他在法国的金融投资公司任职，工资不会低，出手阔绰。按猴子自己吹牛，他的收藏，早就超出中国邮票的范围，关注到世界各地发行的邮票，他说，世界邮票数量庞大，他顾不过来，目光只能聚焦于珍稀邮票。

那天夜里，我正式在电脑上码字，

开始制定自己的计划书时,首先想到了我的同桌。我若要寻找世界各国涉及战争与和平题材的邮票,他是可以帮助我的不二人选。我立刻给他发去邮件,简单说出打算,声明我会专程去巴黎见他,需要他鼎力相助。猴子的回信,充满了快乐,他说,在这里闷得很,有老同学来玩,天大乐事,还文绉绉引了句俗话,"他乡遇故知"是与"金榜题名时"和"洞房花烛夜"并列的人生之喜。回信的末尾,大约是搞金融投资的职业习惯,猴子又说,你是想学你老爸搞收藏发财?帮老同学忙,义不容辞,假如有发财机会,本人也想参与投资。

这猴子，时刻不忘发财啊！

他对我很坦率。去法国留学前，我们坐在黄浦江边喝啤酒，我劝他说，国外竞争很激烈的，去干嘛？还是在国内混着舒服。他悻悻然，喷出嘴里的啤酒泡沫，咬牙切齿道："你说风凉话！我有你那样的富老爸，我也想舒服躺在家里的。"我想想，他的道理也对。他父母是教书的，积攒了几十万块钱，让他自己选择，这钱是今后留着给他结婚用，还是作为他出国留学的费用。猴子心气高，不愿意早早结婚成家，安顿在狭隘的港湾里。他下决心出国闯荡，通过互联网的查询，向欧洲和美洲的大学投寄了申请。最后，幸运地被法国的学校录取，还得到一笔奖学金。他相信自己的奋斗能力，希望连本带利，把父母辛苦一生的积蓄赚回来。

看样子，没几年工夫，他真的混出了"钱"途。我为老同学高兴，也为自己的欧洲之旅，寻得了保障。

二十三

到底是老同学，猴子发信，声称他特地跑到戴高乐机场接我。

是机场最繁忙的时刻，晚上七八点，接送大厅里人声鼎沸。拥挤的人群中，到处有人高高举起接机牌，涂抹着英文、法文或中文字样，在黑压压的头顶上晃动。

猴子不需要举牌，他的身材，在胖子居多的欧洲人之中，显得颇为招眼。我推着箱子，刚刚走出安检，远远就看到了他。他干瘦而细长的身子，正好夹在两位肥胖而衣着鲜艳的女士中间，给我很不文雅的联想，仿佛是三明治当中的火腿肠——他在法国吃了几年的黄油牛肉，怎么一点也不长肉？

猴子安排得周到，他要了一辆车子，准备送我去预定的宾馆休息。我报出了宾馆的名称，猴子一面翻译成法语，告诉驾驶员详细的地址，一面夸张地对我竖起大拇指："你真会找地方！就在香榭丽舍大街附近啊！"

我在网上搜了很长时间，才确定要这家号称在十八世纪就开业的小宾馆。图片显示，浴缸安放在房间里，甚至不用任何遮挡的帘子，老巴尔扎克笔下描写的巴黎生活啊！我选择在此处落脚，主要不是出于怀古之幽情，我喜欢它的位置。香榭丽舍大街繁华的中段，拐进一条不起眼的小路，有中国的领馆，再往前拐一下，就到了这家历史悠久的小宾馆。很方便啊，想到我国领馆咨询或办事，抬脚就到。

等到把行李交给宾馆的服务生，我说："走啊，今晚去香榭丽舍大街坐坐。"猴子惊讶："你太着急！看巴黎繁华，有的是时间。你刚下飞机，需要休息倒时差！"他将一把黄澄澄的铜钥匙塞到我手里，"藏好了，这兴许是一百多年的老货！"据说，法国人愿意用法语接待客人，能说英语，也不爱用此语言交流。是往日法兰西的骄傲感支撑着吧？所以，和柜台打交道的事情，猴子大包大揽。

我谢绝了他要我休息的好意，只是到房间里换身衣服，洗洗脸，随即跑了出来。

猴子在大堂浏览宾馆的陈设，玻璃橱里，挂着老式的刀剑，剑把上还镶着绿色或红色的宝石。猴子在法国留学的专业，是比较文学，与他当下的金融职业相距甚远。他对这些上了年纪的东西有兴趣，看得津津有味，大约还是没有忘怀原来的专业。

他回头问："不洗个澡躺躺？"

"在飞机上，我睡够了！"我淡淡一笑，我看见玻璃柜里，除了陈列着刀剑，还有一些老照片和几枚老信封，我急忙举起相机，把老旧信封拍摄下来。猴子挡住了我进一步拍摄的打算，轻声道："未经允许，这里不能随意拍照！"

猴子发现，柜台上的侍者，已经在注意我们的行为，赶紧跑过去，哗哗地甩了一通流畅的法语，见对方微笑点点头，才回转身，拉着我往外走。

"又不是千年珍宝，拍照也要特许？"我不以为然。

猴子笑笑，"入乡随俗！中国么，五千年历史，要千百年的东西才稀奇，他们这里，几百年，就了不得。"

出了门，猴子问："巴黎好玩的地方多，今天先去哪儿？"

我说："巴黎么，我早就跟着父母玩过，兴趣一般。我只想和你找地方聊聊。噢，要离凯旋门近些，抬头就能望见那个门洞!"

猴子连连点头,"行啊,你是远来的稀客,一切依你!"

二十四

猴子算老巴黎了,两三个转弯,他已经带我拐上繁华的大街。

这时,约莫十点多钟,香榭丽舍大街上的游客尚在尽兴的时刻。我们没有东张西望,迅速选定了一处露天饮料店,按我的要求,这里能望见凯旋门的身影。天气很好,夜的天穹,呈现出深蓝的幽静。在巴黎的星空之下,凯旋门上的灯光，漂亮地勾勒出建筑的形状，雄伟而厚重，沉稳地站立在宽敞的巴黎市区。据说，巴黎的街道，以它为核心，向四面八方投射，俨然成为大巴黎的地标。它沉默地在此站立了一百几十个年头，坚不可摧，与酒吧咖啡店里的喧哗，与游客们把酒言欢的轻浮，形成强烈的对照。

　　猴子忙着和侍者交谈，要了一扎鲜啤和一盘色彩诱人的水果，他说，按他的经验，长途飞行之后，啤酒与水果是最为解乏的食品。我由着他张罗，只是客气地点头赞许。我的目光，始终停留在星空下的凯旋门，看见它的脚下，忙碌着数不清急于留影的游客。

猴子端起啤酒杯,做了个干杯的示意动作,"欢迎老同学,几年未见,你发福了!"他苦笑,"为什么不平衡一下呢?把你身上的肥肉,匀一些给我,多好啊!"

我挖苦地瞥他一眼,"谁知道你忙什么。没人管着,被巴黎的风流美女累坏了吧!"

他哼了一声,"是小人之心吧!你身边那个大美女,才是人见人迷!"我曾经把衣帆的照片发给他,挑选了几张特别美艳的,看得他羡慕之至。我还没有把衣帆离我而去的近况告诉他,这会儿，我也不想扯这个话题。

他见我沉默不语，倒也没有往下追问。他是极其聪明的人，我来巴黎，却没有带着衣帆，本身蹊跷。他转变话题，"离这里不远，是中国游客最喜欢的购物天堂，LV的大本营啊。不过，你老兄志不在此。说说你的打算。要我做点什么，尽管吩咐。"

我打开随身携带的皮包，取出一个文件夹，递给了猴子。这是我的习惯，在海外旅行，皮包不离身，护照银行卡这些东西，永远不会放在宾馆里，不管是五星甚至六星的豪华场所，哪怕它号称有世界上最安全的保卫措施。

猴子飞快地浏览着我的计划书。来欧洲前,我在信件里写清楚,此次旅行的主要目的是啥。现在,有完整的计划书摆在他面前,凭他做投资的职业能力,让他能够迅速判断各种复杂的计划书。我的设想,对他来说,实在是非常简单的内容。

他放下计划书,轻轻拍拍封面,微笑着说:"没有想到,你少爷思凡,打算做民间的杂事!"

"少爷",是高中同学给我的绰号,因为我身上总有用不完的钱,又比较大方,只要在一起玩,大家的冷饮汽水,都归我请客。我举起泛着泡沫的鲜啤,

"谢谢啦，你现在算巴黎的卧龙吧？在这里办的事，拜托你！"我本来想说他是巴黎的地头蛇，话到嘴边，缩回去了。要人家帮忙，总得客气些。

猴子很痛快，"没问题，大巴黎一圈，凡是有你需要摄影的内容，我在地图上都圈出来了。去德国、意大利也没问题，我都可以找到帮忙的朋友！"看样子，他在欧洲确实混得风生水起，说出话来，底气十足；"至于邮票，欧洲对'一战'和'二战'的反思很深刻，可以找到你需要的图案。邮票么，你我饭碗里的肉，识货的，一定能够让你满意！"

有这位老同学帮忙，顿时感到轻松

许多。我又高高举起啤酒杯，"谢啦！我们去凯旋门那里转一圈，如何？"我向他提议。

我的目光，不时扫过远处那座闻名世界的拱形建筑。我要求猴子找一处能够看见凯旋门的饮料店，就是为了远远近近地仔细端详它，试图破解我心中的诸多疑问。早在高中时代，我沉迷于世界历史的时候，凯旋门，就是我梦中的常客。

二十五

我知道，世界上有众多的凯旋门，

仅仅欧洲的这类建筑,据说上百,在中国人的知识版图上,巴黎凯旋门,是它们的代表。意大利、德意志、法兰西,欧洲诸多民族,在历史上,似乎都对建筑凯旋门有浓厚的兴趣,这是一种什么样的心态?

沿香榭丽舍大街往西走,在美丽安详的街灯下漫步,一点点接近凯旋门的主体。天空晴朗,夜色如染,微风和煦,人间欢乐。孩子们在宽敞的大街上撒欢,跑得很远,大人丝毫不担心孩子会走失,宽阔的大街,一目了然,只有祥和,毫无危险。幼年的娃娃,走累了,骑在父亲的肩头,手里挥舞着彩色的旗帜,得意洋洋，嘴里叽哩哇啦，像骑着高头大马。

一步步接近凯旋门，这座著名的建筑，越发高大起来，伟岸地插入巴黎的夜空。资料上说，它的高度达到约五十米。从动工之日算起，离今天有两百来年的历史了。那时的技术，造这样一座建筑，还是蛮辛苦的。

我淡淡地问猴子："法国人崇拜战争？"

"不，法国人崇拜艺术和自由！"猴子坚定地回答。

我笑笑，"有点矛盾！造如此宏伟的建筑，不就是为了欢呼战争的胜利，为了庆祝拿破仑的统治吗？"

猴子愣了愣，他在选择反击我的话语。他在法国学习比较文学，已经深深地沉浸于法兰西文化之中。他说："法国人造凯旋门，不是为了歌颂战争，而是展现艺术对战争的表达。所以，这是欧洲最大的也最有艺术魅力的凯旋门。"他充满自信地做出如此的评判。我惊讶地望着老同学，感觉他比法国人还要法国人，竟然如此强词夺理地为凯旋门张扬。

这时，我们已经走到凯旋门脚下，仰望着越发显得高傲的建筑，惊讶于各种雕塑的精致，沉入对历史的遐想之中。

拿破仑下令造这座凯旋门，他失败后，被流放到荒凉的海岛上，所以没能趾高气扬地穿越凯旋门，品尝胜利者的狂欢。不过，实际上，他已经享受到无上的荣耀。远征凯旋，他在巴黎接受了民众山呼海啸般的欢呼。那一刻，整座巴黎，就是他的凯旋门。

猴子的辩解，没有说服力。法国人平时崇拜艺术和自由，但是，当拿破仑在欧洲横扫各路大军时，法兰西惊喜地膜拜这位矮个子，把他捧为了战神！

我想起了教授给我的思考题。古往今来，不缺反对战争的智者，但是，留在历史上如雷贯耳的,往往是发动战争的枭雄。欧洲有过的一百座凯旋门,多数或许已经衰败。但是,它们是历史对那些枭雄的褒奖,是激励一代又一代枭雄把战争强加给世界的强大动力。

我早就查阅过资料,晓得凯旋门上雕刻和记叙的很多故事。出征、胜利、和平、抵抗等等,概括起来,只有一个词:战争!文字上的修饰是随意的,不过,那些故事后面,被忽略的,被隐藏的,是无数殷红的鲜血和鲜活的生命。

猴子遇到了熟人,是一对年轻的比利时情人。猴子说,他和那位男生是大学同学。我赶紧让猴子去招呼他们。比利时的金发女郎非常漂亮，猴子明显兴奋起来，一副主人的气派，在凯旋门周围转来转去，大声为他们讲解历史故事。我远远望着这位老同学，心里有些冷漠，缺少四周游客的兴致。原来，我还想与猴子争论几句，探讨建筑凯旋门的意思。此刻，那念头已然消失。随口的争论，无益于探究问题的本源。

教授的疑问是深层的。如果枭雄并不感到战争的可怕，反而不断受到战争胜利的奖励，像辉煌的凯旋门之类的褒奖，那么，他们发动战争的动力，始终源源不绝。

二十六

以法国为圆心，我浮光掠影地转了几个欧洲国家。路线，经过猴子精确的计算，是最为经济的。才十几天工夫，我在德国、意大利和波兰，当然，也包括法国的一些地方，快速兜了一圈，实现了亲手拍摄重要图像的愿望。像诺曼底战役，像纳粹屠杀犹太人的集中营，很多场景，著名的摄影相当多。我愿意自己拍摄，除了版权的麻烦，更重要的是为了感受。只有站在那些被鲜血浸泡过的土地上，你才会有身临其境的痛楚。

在欧洲旅行摄影的日子里，我的思

绪，不断地闪回我的祖国，想起中国抗日战争的惨烈。那是我回去后需要拍摄的图像。南京大屠杀纪念馆，我还没有去看过，那里，据说保存了不少战争的遗迹，记录了战争强加给中国民众的苦难，震撼的内容肯定非常多。还有，我的故乡上海，著名的淞沪会战，特别是保卫四行仓库的血战。四行仓库那些千疮百孔的墙壁，是历史的见证，惊心动魄的见证。我设想了拍摄这幅照片的安排：找一个晴朗的黄昏，在苏州河的对面，接近四行仓库的位置，架起长枪式的相机，角度斜一点，是偏东的斜率，耐心等待夕阳西下；当落日在城市的边际晃闪,即将消失的那一刻,我按下快门,四行仓库布满弹孔的墙壁,上半截被夕阳的余晖覆盖,下半截已经沉入暮色的灰暗,那种苍劲厚重的感觉,正是我需要的。

重新回到巴黎,再次见到老同学,他高兴地报告了战果。他的效率非常高,完美地履行了对我的承诺,已经收集到十几套邮票,囊括了六七个国家纪念"二战"的邮票,其中,有一些反映老百姓在战争中苦难的内容,正是我的策划书所瞩目的焦点。

亲兄弟,明算账。我请他把所有的花费列出,除了按实支付以外,我多付了两千美元。他想推辞,我打趣道:"如果按照你们金融投资行当的标准,你付出的辛苦,两万美元也打不住啊!就算给老同学优惠吧。"

猴子不再坚持退回,"好吧,我们去游塞纳河,再吃一顿正式的法国大餐,你付的小费,够我们享受享受!"

"好啊,吃法式鹅肝吧。据说,巴黎的这道菜最为地道。"我似乎闻到了那浓郁的香味,嘴馋地说。

没料到,猴子尖声嚷起来:"别说这个行不行?"他睁圆了眼睛,像是被惊吓了,"我听到鹅肝这个词,能吐出来!"他见我一脸诧异,只得解释,说他负责管理的投资项目,有食品加工内容,参观过现代化的鹅肝供应链条,因此知道,最上品的鹅肝,需要先把胖鹅驱赶得拼命奔跑,待它跑得浑身充血,这时宰杀,取出的鹅肝,绝对肥嫩鲜美。"这是人与动物的战争,懂吗?"猴子强调了一句。

听他如此介绍,我胃里也泛起阵阵恶心,想品尝鹅肝的馋劲,顿时飞到天外去了,"看样子,你只能带我去吃素了!"我未免担心,提出吃鱼或者吃肉,不知是否也与他管理的投资项目相关,又讲出令人毛骨悚然的故事,让我以后再也没有胆量品尝这些美味。

二十七

塞纳河游轮,航班是定时的。猴子建议,我们买傍晚六点多的票。那时候,太阳还没有沉到城市的天际线之下,和煦的光芒,尚在河面上闪烁耀眼,河边的景色,无论是巴黎圣母院还是皇宫,以及各种各样古老的建筑,都沐浴在落日的余晖里,令人回味它们悠久的历史。更妙之处,当我们乘坐的游轮返回,巴黎全城的灯光统统亮起来,塞纳河两岸,简直如仙境一般。

猴子已经在这里成精,听他的,显然没错。

上船的地方，离埃菲尔铁塔才几百米，属于巴黎热闹的区域，河边，熙熙攘攘，人流汹涌。最欢乐的是孩子们。幼小的游客，来自世界各地的孩子们，举着红色的蓝色的绿色的气球，用胖乎乎的手掌捏起，高高地甩动，嚷嚷着只有他们才懂的口号。那一刻，我突然发呆。我想起喀布尔嘈杂的市场，想起那位衣衫褴褛的少年。他没有这样的欢乐，他唯一的渴望，只是找回被炮火炸毁的课本。

我默默地上船，找一个舒服的位置落座。我的目光，在塞纳河两岸辉煌的建筑上巡游。唯有和平，让世界美丽。

那一刻，我心里不断翻腾的，只剩下这个理念。

猴子不知去哪里转了一圈，回来时，手里抓着两瓶橘红色的饮料，递了一瓶过来，同时，开心地向我介绍："一会儿，游船会经过一个小岛，我指给你看，那是大巴黎的发源地。"

我有点好奇，这座名城为什么发端于一个小岛？难道是古时候的居民为了守卫的方便？不过，因为心里正有其他事情困扰，我只是嗯了一声，懒得追问下去。

游船启动，船上的游客们一阵欢呼。到巴黎，游塞纳河，是多少游客期待已久的项目啊!

猴子见我沉默无语,不由问:"想什么呢?一副闷闷不乐的嘴脸?!"这两天,他旁敲侧击,询问我和衣帆的关系,我只是简单告诉他,分手了。也许,他以为我的落寞,是与失恋相关。猴子属于情种,喜欢把人的喜怒哀乐,统统与爱——说粗俗点,统统与性联系在一起。我猜想,在巴黎学习和工作的这些年,他的情史,可以写长长的几页。

老同学用关切的目光凝视着我。我明白,我闷闷不乐的样子,让他迷惑,以为他的安排有啥缺憾。我只能解释:"我突然联想到在阿富汗的遭遇。战争状态下,人的生命非常脆弱,我要是运气不好,哪怕没有炸死,也摔断了手脚,这辈子就不可能旅行到你这里。"

猴子诡异地一笑,"我的少爷啊,你什么时候变得多愁善感?你是游戏人生的高手啊!"

我点点头,承认他挖苦得有道理,"原来么,全靠着父母,一切来得容易,舒服惯了。在阿富汗几天,看到的是另一个世界,悲惨的世界,自己也差点把小命丢了,对人生的想法,当然会有变化。"

游船在塞纳河平稳地行驶,波浪有规律地撞击着船舷,哐当哐当作响。猴子坐在我的对面，中间隔一张狭窄的桌面。他放下手中的饮料，凑近我热情地说："我要给你大大点赞。我仔细思考了你正在实施的计划，觉得非常有意思。用摄影和邮票的图像，来表达对战争的态度。这样的出版物，有创造力！"

"谢谢老同学啦，你帮了我大忙，老实说，没有你出力，欧洲的事情，我肯定头疼！"我心悦诚服地向他拱手，"不过，还有关键的问题，我心中没有把握，所以看塞纳河的景色，也提不起兴致。"

我告诉曾经的同桌，出来前曾与历史学教授谈话，他提出了尖锐的问题，这本书做出来不难，想达到预定的目标，让社会的各个层面为此警醒，甚至敲打喜欢叫嚷战争的那些人，极其不容易。我说："我并非心存奢望，靠一本书，解决长期困扰人类的麻烦，不过，假如做出来的东西，不酸不辣，不痛不痒，那未免太可惜！"

　　游船在暮色中前行，右侧，黑压压的庞大的建筑，渐渐逼近。猴子指给我看，说是巴黎圣母院。稍后亮灯，非常壮观。宗教，在本源上，为了减轻人间的苦难，应该反对战争。不过，历史的真实是，不少宗教曾经鼓励过战争，甚至是战争的发动者。非常令人悲哀。

正是在那一刻,猴子讲出脑洞大开的一番话,给了我莫大的启示。他说:"我琢磨,你编的书中,一定要有特别稀罕的内容。"

我感兴趣地望着他,希望他讲得具体一点。他继续阐述:"比方说,一般的邮票,读者在别处也可以看到。珍贵的,独一无二的邮票,可以讲吸引人的故事,才能让你的书,具有特殊的魅力!"

我回答道:"我想过这一点。我去美国时,会寻找稀罕的邮票。我知道,'二战'五十周年纪念,美国准备出一套邮票,其中,有一枚是表现在广岛投原子弹的，没料到，日本舆情汹涌，美国缩了回去，把那枚邮票撤掉，据说，有个别样张被爱好者收藏，价格自然不菲。我想，无论如何得找到它，可以写一段邮票背后的故事。"

"这个，花钱可以找到，不过，还不算最为奇特的。"猴子若有所思，胸有成竹地道，"我想起新的故事，还有一枚石破天惊的珍邮！"

"是什么？"我被猴子撩急了，对他的故作高深不满起来，"石破天惊？你吓唬人？"

他一本正经起来，很严肃地发问："你听说过'爱因斯坦的头发'吗？"

"爱因斯坦的头发？"我被他说晕了，完全不明白他的意思。

他认真地点点头，丝毫不像是开玩笑，慢吞吞地解释，"对，正是'爱因斯坦的头发'，这是我知道的关于'二战'最为珍贵的、独一无二的邮票！它所蕴藏的故事，也许与那位历史教授提出的问题相关。"猴子慢条斯理地解释。

二十八

按照老同学的叙述，所谓"爱因斯坦的头发"，代表了上个世纪中叶，一段重要的历史故事。

爱因斯坦，是美国能够制造原子弹的首要科学家。美国在广岛投下"小男孩"，其可怕的杀伤力震撼了全世界，促使凶狠的日本军国主义当局不得不投降。爱因斯坦通过新闻，得知了原子弹被使用的真实情景。对此，爱因斯坦的内心，充满了矛盾。他庆幸世界摆脱了法西斯的魔爪，同时，他又害怕核武器成为脱缰的野马。他甚至后悔，自己不应该成为原子弹的催生者。爱因斯坦明白，即使没有他的参与，地球人早晚会制造出这种可怕的武器，实际上，希特勒的纳粹政府，早就开始悄悄地研制核武器，只是来不及研制成功，罪恶的纳粹政府已经垮台。但是，内心深处的正义感，让爱因斯坦自责，打开闸门，把核武器这样的恶魔放到世界上来，自己是不是犯下了永远无法挽回的大错？

当时的主流舆论，是欢呼原子弹爆炸的成功，没有原子弹的强大威慑，日本军国主义还会继续顽抗，拖延战争结束的时间，战士和平民会有更多的死亡。爱因斯坦的一位好友，也是犹太人，幸运地逃脱纳粹的迫害，逃到了美国。他是一位优秀的画家，打算与美国邮政当局合作，创作并发行纪念原子弹获得成功的邮票。邮票创作的构思非常奇特，是两方连的构图，左图，是爆炸时升起的蘑菇云，右图，是爱因斯坦的肖像。大科学家爱因斯坦，其头发的造型颇有特色，经常以凌乱蓬松的模样出现。作为爱因斯坦好友的画家，抓住这一特点，让爱因斯坦的头发更加张扬，稍稍左飘，于是，爱因斯坦的发梢，飘向两方连的边缘，与左侧原子弹的蘑菇云呼应，产生藕断丝连的感觉。这是画家的艺术表现，他想说明，爱因斯坦天才的智慧，与原子弹的成功密不可分。

好友来找爱因斯坦，把自己的创作拿给爱因斯坦欣赏,希望博得他的赞美。谁知，那时，爱因斯坦正为原子弹的爆炸内心纠结，处于深深的矛盾之中。他反对朋友巧妙的构图，他告诉好友，他不希望出现这种邮票，不愿意自己的名声被利用，成为核武器的吹鼓手。画家理解了爱因斯坦的苦恼，出于对友谊的爱惜，加上对爱因斯坦的尊重，犹太画家放弃了自己的杰作，与邮政当局的合作也随之结束。不过，在集邮界一直有一种传说，当时，邮票最初的样张已经印刷好，并送到了犹太画家的手上。停止印制发行，唯一的两方连样张，被画家珍藏。这枚孤邮，价值难以估量，曾引得许多集邮大亨垂涎。

二十九

猴子没有虚张声势,他提供的信息对于我,确实是石破天惊。他说完故事的时候,游船已经往回行驶,很快,就是本次游程的终点,我们没有听广播里的导游介绍,而是沉浸在关于爱因斯坦的历史故事之中。

我丝毫不觉得遗憾。塞纳河之旅,以后有的是机会。猴子提供的情况,如果确实,对我的计划而言,简直是天赐良机。如果能拿到那枚珍贵的孤邮,我的出版物的压轴戏绝对精彩。用那枚稀罕的未正式发行的二方连作为画龙点睛的一笔,配上未能发行的故事,再加一段爱因斯坦的名言,书的境界提升了,甚至可以回答历史学教授的疑问。

我记得,爱因斯坦说过一段话,已经成为反对世界战争的名言。他的意思是,我不知道第三次世界大战会用什么样的武器,但是,如果有第四次世界大战,却只能用石头和木棒战斗。

爱因斯坦言简意赅的话语,表达了他的深邃见解。在核威胁时代,发动大规模战争,就意味着人类文明的毁灭。只有疯子才会一意孤行。

我唯一担心的,是那枚孤邮的价格。尽管我让老爸为我准备了几十万美元的后备资金。但是，那样独一无二的珍邮，假如走上拍卖市场，它的成交价实在无法估算！

下船的时候，我在琢磨钱的问题，一脚踩空，险些摔跤，幸亏猴子扶了我一把。站稳后，我问："你知道那枚珍邮目前的下落？"

猴子摇摇头，"我只听说过这个传闻，再具体的，就无可奉告。"

"你身处巴黎，眼观六路，耳听八方，又是深入世界集邮界的高手。你不知道，谁知道？"

猴子知道我是用了激将法，便朝我白白眼睛。我只能低声下气求他，务必指点路径。他被我缠得没有法子,只得挖空心思考虑。

待他想出办法,我们已经在法式餐厅落座。侍者端来预订的大餐,奶油蜗牛的香味,挑逗着食欲,猴子终于获得灵感,他飞快地抓起白色的餐巾纸,用笔写下了一行地址和人名。

一边用面包片夹蜗牛朝嘴里塞,一边看猴子写下的文字,我看清楚了,他写的是华盛顿一家酒吧的名称,还有一位美国人的称呼,"老兵",连姓也没有,孤零零,就"老兵"一个词儿。

猴子吃完盘子里香喷喷的蜗牛,缓缓地道:"这个人确实是老兵,参加过

'越战'的老兵,他是美国集邮界做生意的高手。如果他找不到'爱因斯坦的头发',我便爱莫能助。"

"'越战'老兵?至少七十多岁了吧?还在做邮票生意?"我疑惑地问。

"从越南回来,他少了一条腿。"猴子摇摇头,"可怜那样强壮的汉子,听见枪炮似的声响,就会如受惊的孩子,身体不停地发抖。买卖邮票,是他几十年生活的支柱。"

"他会帮我吗?"我问。

"他认钱,你得多准备一点中介费,他也许知道'爱因斯坦的头发'准确的下落。"猴子回答,"我曾经向他买过邮票，他到巴黎玩，我陪了他半天。我就是在和他的闲聊中，听到了那个奇怪的故事。我会给他发信，希望他帮忙。其他的，你用钱搞定吧。噢，顺便提醒，他习惯现金支付。"

"明白，我多准备点美钞。"我点点头，也许，现金支付，是规避税收的行为，是否违法，那是对方的事。我需要的，是他帮我找到孤邮的下落。

猴子最后归纳的话，提升了我的信心："我猜他会尽力帮忙。不是我面子大，是你做的事符合他的信念。他从越南回来后，是坚定的反战分子。据他说，他和一些战友，每年去华盛顿的'越战纪念碑'看看，悼念永远留在越南土地上的老兵。"

三十

从巴黎飞往华盛顿的时间，八个多小时，比从上海出发，航程短了不少。

到达华盛顿的那天，我放下行李，就赶去拍摄"越战纪念碑"。那座著名的黑色纪念碑，狭长肃穆地躺在大地上，几乎没有多少刻意的雕塑，只是用庄重冷酷的黑色，悼念那场死伤无数的战争。

这张照片，本来是我计划中的内容。猴子的介绍，提醒了我。在去见"越战"

老兵之前，完成拍摄，也是为即将到来的会谈，准备闲扯时的话题。

　　第二天下午，我来到猴子介绍的酒吧。猴子说过，下午三四点，是老兵出现在那里的时间。推开玻璃门的刹那，我就认出了那位老兵。像猴子描述的那样，一如往常，他坐在酒吧环形桌的尽头，那里，另外安放着一张圆桌，是他常年的包座。长长的靠背椅，旁边斜立着他的拐杖。猴子说，他在"越战"中失去一条腿，是被地雷炸飞的，左腿安装了假肢。也有人说，他那支硬木做成的粗大的拐杖，里面藏着他防身的枪。

猴子不相信，认为那不过是好事者的传说，老兵到欧洲玩的时候，那根拐杖，进进出出机场，经过多次安检，若有枪支，早就被查出来。

我径直向老兵走过去。他的脸，在酒吧灰暗的光线里，显得有点狰狞，一道深深的伤痕，从眉毛上方月亮般弯弯地延伸到嘴角。他在"越战"中吃的苦头，显然远远不止丢失了宝贵的左腿。我理解了他的怪癖。几十年，他安坐在酒吧里，靠邮票交易，或者还有其他我所不知道的交易谋生。酒吧灰暗的光线，部分掩盖了他被破坏的形象。

我自来熟地在小桌旁落座，仿佛是

他的老主顾。他似乎并不惊讶,只是狠狠地扫了我一眼。他的皮肤有点泛红。也许,他不是纯粹的白种人,有印第安人的遗传基因?

我估计猴子给他发过介绍信,就直接报出了巴黎某某先生的大名。他点点头,表示知道了。他的神情,相当冷酷,我打消了攀谈和套近乎的念头,因此直奔主题,说是希望他能够帮助我,找到那枚珍贵的邮票,被称为"爱因斯坦的头发"的邮票。他不耐烦地打断了我的表述,嘴里一个劲地"OK",我明白了,他嫌我的英语水平过于低劣,让他听起来费劲。我乖乖地停止表达,等待他的说法。既然他"OK",说明无需我唠叨,从猴子的介绍里,他已经了解我的愿望。

他把面前泛着泡沫的啤酒喝了一大口,直截了当地问:"你确定,想获得那枚珍贵的邮票?"

我点点头。

他又问:"中国人,你很有钱?再贵的价格,都想要?"

我说英语差劲,听力可以,毕竟从中学到大学,有长时间的听力训练。我不愿示弱,右手的拇指和食指形成圆圈,肯定地回答了一个"OK"。

他那略显狰狞的脸上,露出一丝难以察觉的冷笑,"你也准备为我的服务付高价？"

果然，猴子判断得不错，他首先考虑的是钱。我没法退却，也只能用一个"OK"，解决了他的追问。

他拿过一张便条纸，在上面刷刷地写了一行，递给我看，"这是我的服务价格，你需要确认！"

非常精明的头脑，先把价格谈妥了，再商量细节。一万五千美元，是他的服务费！

他继续强调，"这笔服务费，是保证你能够见到拥有珍贵邮票的主人。交易的条件，你们直接谈，谈成谈不成，不能影响我的服务费！"

好厉害的生意人！他只要把人领到我的面前，就算服务完毕，就可以拿那笔巨款！

他看见我在犹豫，就把那张便条纸抽回去，不慌不忙地道："费用，你想清楚了再说。不满意，可以取消！"

这是明目张胆的施压。他知道我没有其他选择。猴子说过，在华盛顿，能够帮我实现目标的，恐怕只有这个老兵。

我果断地取回了那张便条纸，清楚地说了个词儿："成交！"

他满意地点点头，"年轻人，很不错！"

价格谈完以后，其他细节就比较简

单了。他的安排，我今天预付五千美元定金。两天以后，我再到此地，他将安排邮票的主人出场。当我们见面的时候，我需要把另外的一万美元交付给他。

老兵指指他身后的小门，说门后是可以会谈的小房间，因为我和邮票主人谈大生意，他特别安排这样一间密室，他得意地说着，似乎是在安排黑社会的秘密交易，还故意朝我眨眼睛，声明这间密室的使用，包含在他的服务之中，我不必另外支付费用。他咂咂嘴，嘴唇朝小房间的方向歪了歪，问我，是不是需要提前看看环境，访问一下做买卖的房间？我被他滴水不漏的安排和他故弄玄虚的夸张,搞得啼笑皆非。

等到细节谈妥,我从随身的皮包里,取出一沓现钞,五千美元,交到他的手中。他接过去,用右手掂了掂,像是在掂分量,也不打开点数,说声"OK",就丢进了旁边的手提箱里。

这时候,我斟酌着提出心中的疑问,"两天以后,我会带一万美元现钞过来。我的问题是,我如何确认,你带过来与我谈生意的人,就是掌握着那枚珍邮的主人?"

老兵发愣地扫我一眼,"噢,你是怀疑我的信誉?你以为,我会随便找个人,找个替身,来赚你的服务费?"

我想解释，他摇摇手道："你可以怀疑，我们是第一次做生意，一万五千美元，不是小数目。"他说着，从手提箱里取出只黑色的皮夹，打开，捻出一张卡片，摊在桌面上，"你不能带走，但是，你可以拍照，去网上查查，了解此人的背景，就会明白，我有没有欺骗你！"

那是一张英文名片，印着天蓝色的工整的文字。我自然不客气，拿出手机，迅速完成了拍摄。

老兵狡黠地笑起来，说："我能够在这里做几十年的生意，信誉第一。你到网上查询时，请注意上面的照片，两天以后，你看清楚来人的真假，再向我付钱！"

我尴尬地笑笑，接受了他诚意的提醒。

"两天之后见！"我挥了挥手，向端坐在那里的老兵告别。他的坦率，换得我的信任。我对找到珍邮的主人，增添了信心。唯一难以估计的，只是钱！不知对方会开出什么样的价格。

三十一

这是一位女士的名片，按照拼音，我把她读成艾坦。为了衣帆的特别的眼睛，我研究过犹太人的文化。这个读音，确实是犹太裔的名字。从猴子讲述的故事分析，"爱因斯坦的头发"的设计者，是逃亡美国的欧洲犹太人，那是个与爱因斯坦同时代的画家，现在早就不在人世了，珍邮应该是由他的后人保存着。这位艾坦，按年龄推算，只要老兵没有欺骗我，应该是那位犹太画家的孙女了。

我把拍摄的名片发给了猴子，请求他花时间帮我查询。国外的网络，我不熟悉，查询起来费时费力。猴子外文好，海外的朋友多，应该能帮我。

反复查看艾坦女士的名片，职业一栏引起了我的兴趣。那个用英文表述的职业，相当陌生。查字典，硬译，"自然环境再造"，很拗口，国内的大学专业，我填报志愿时普遍浏览过，没发现有这种专业。她是干什么活的？插花？盆景？何必用那么大的名头，"自然环境再造"，吓唬人啊？

美国和欧洲的工作时差不大，我给猴子发信时，他还在电脑桌旁。三小时之后，回复来了，他已经查明，艾坦女士，美籍犹太裔。"二战"初期，艾坦的祖父祖母，为逃避纳粹的迫害，从欧洲逃亡美国。艾坦的祖父，以卖画和教授绘画谋生。最为关键的一条，这位画家，是爱因斯坦的好友。猴子的结论，只要关于"爱因斯坦的头发"传说无误，那么艾坦的祖父，应该就是传说中的邮票设计者。猴子补充道，"老兵"很重视自己的信誉。他既然出手帮忙，愿意协助寻找珍邮的下落，开出的价格不菲，此事基本可信。

猴子传来两张照片，是从网上下载的艾坦女士的肖像。他说，希望我后天能够见到这位女士，并且说服她转让那枚珍贵的邮票。

看到照片的刹那，我浑身一震，睁大了眼睛，几乎不敢相信。这位女士，为啥与衣帆那么相像？她们的差别当然很大，艾坦四五十岁的年龄，衣帆正值青春妙龄。像在何处，我说不清楚。好在两天之后，我可以看到艾坦女士本人。那时，再仔细琢磨吧。

三十二

那夜，在华盛顿的酒店里，我睡得非常不安稳。床太软，被子又厚，空调的噪声很大。关了空调，又觉得热，那被子没法盖。我和前台联系，想要换被子，说不通，再三解释也说不清楚，给我的回答都是"No"。

我只好将就着睡。我向来少梦，那夜的梦却非常清晰。我去和艾坦女士谈生意，走进房间的，竟然是衣帆。为了珍邮的价格，我与衣帆争执起来，吵得不可开交。我在争吵中醒来，窗帘的缝隙里，没有丝毫的光亮，显然还不是早晨。

我心里清楚，睡不好，床和被子是部分原因，更重要的因素，是心中有疙瘩。从来没有和美国人谈过生意，对成败毫无把握。何况，对手还是犹太裔。据说，全世界最高明的商人，都有犹太血统。

我和衣帆吵架不稀罕，但是，我们从来没有为钱而争吵。好稀罕的一个梦！

这个梦,让我预感,和艾坦女士的谈判,会相当艰难。

艰难地从床上爬起来,去卫生间,用冷水冲了个澡,我坐到电脑前面,给猴子发了封信,向他求教:"自然环境再造",这是什么时候冒出来的专业,应用在哪些地方?我望望窗外,华盛顿依然是沉睡的时刻,天色黑黝黝的。巴黎应该是上午的工作时间,猴子理当很快回复。我希望更多地了解艾坦女士,为接下去的谈判,做好预习功课。

隔了个把小时,猴子才给回答。他说,那名称太新鲜,他没有印象,问了投资部的几个同事,幸好有人懂,提供了信息，说是跟随宇宙飞行发展出来的学科。在宇宙飞船上面，甚至未来到其他星球，人没有了熟悉的自然环境，很难适应，需要人造的环境，与地球上的大自然相像，才能快乐生存。我听了，觉得好玄，难道艾坦女士是宇航局的？我追问，除了宇宙飞行，这个专业，在地球上有没有现实的用处？隔了好一会，猴子发来回复，大约又是请教过同事。答案是，很少地方会用到这个专业，其中，为战争准备的地下工事，特别是为可怕的核战争服务，修筑的千米之下的工事，已经在实验自然环境再造，让人在深邃的地下建筑中，能够看到自然界的花木草地，甚至有日出月落。

我倒吸一口冷气，大约是刚冲过冷水澡，身子打了个寒战。温文尔雅的艾坦女士，她的工作，难道与可怕的核战争密切相关？

三十三

我还是不明白，老兵为啥在酒吧里占有一间密室，说好听些，他拥有能够谈生意的封闭的会客室。猴子提起过，酒吧的老板，是老兵在越南共患难的战友，老兵在此安营扎寨几十年，是战友提供了保护。不过，生意就是生意，在寸土寸金的华盛顿商业区，一间规模不大的酒吧，辟出单间给老兵使用，总会收不低的价格。仅仅做邮票生意，不值得啊，还有其他秘密的发财买卖？反正，这是联邦调查局需要伤脑筋的事情，我懒得多耗脑细胞。

房间不大，十来个平米，陈设十分简单，一张小方桌，四把折叠椅。这种陈设放在上海，十有八九与搓麻将有关。这里不是唐人街，应该不会是棋牌屋。

老兵把我引进去，客气地说明，这间屋子，在接下去的几个小时里，完全归我支配。"我不提供饮料！"他的嗓音很粗，声音的传递像受到喉结的压迫，

"我不是舍不得饮料的支出,我不愿意找麻烦,很多生意上的麻烦,与饮料有关!"他生硬地解释着。小方桌上,确实一无所有。

我点点头,表示无所谓。他拄着拐杖,站立起来时,比我高了大半个头,显得十分魁梧。他没有炸断腿的时候,应该是非常强壮的汉子。当年,他穿着美军制服,端着卡宾枪,那模样,令人望而生畏。猴子说,从越南回来,他听见强烈的噪音,身子就会发抖。战争,真是可怕的绞杀灵魂的机器。

我看看这位曾经无比强悍的战士,淡淡地回答,也许,我最多使用一个小时。

老兵狡黠地眨眨眼睛，说的还是与钱相关的话。他说，使用房间时间的长短，与收费无关，所以不必着急，生意可以慢慢谈。他再次强调，艾坦女士过来，他只负责介绍，然后退出，谈判的具体内容，一概不管。我以为，他唠叨的目的，是急于收取剩余的一万中介费。早晚要付给他的，我想表示得痛快一些，就打开了皮包。没想到，他倒是做手势拦住了，他说："不急，你还没有见到顾客呢！你谈完出来交钱，我就坐在外面！"算是蛮有气度的生意人。他露出少有的微笑，又道："给你一个好消息,艾坦女士曾经在中国住过,会讲中文!"

这确实是好消息。本来,我担心着,凭我三脚猫的英语水平,交谈起来,实在费劲。我曾经想过找个临时翻译,但是,这里没有我信得过的朋友,因此作罢。

老兵从哪里挖出艾坦,他们是什么关系,我一无所知。我也无意追究这些,就让他看作一场赚钱的生意。我佩服这位"越战"老兵,能够及时发掘出我需要的谈判对手,否则,在美国茫茫人海中,我将束手无策。

三十四

在小屋里等待对手,心中有些忐忑,不知谈判能不能成功。就在这时,非常意外,手机突然跳出一条信息,竟然是历史学教授发来的。他说,"你在海外工作十几天,愿你顺利完成自己的项目。已经把你的计划,告诉了你的好朋友,她为你高兴!"

我呆呆看着短信中的"她"字,一道温泉似的暖流,缓缓地流向全身的血管。

来不及更多地感慨,老兵又出现了,他推开房门,艾坦女士高高的身影,出现在门口。她是犹太裔，在遵守约定的时间方面，比一般美国人严格。她款款地走进来，高跟皮鞋轻捷地移动，没有在木质地板上踩出声响。四十多岁的女子，丝毫没有发胖的感觉，上身挺拔，行走带起微风，姿态优雅，感觉训练有素，是那种经过严格的芭蕾训练的女士。

我的目光与艾坦女士对接时，心中一颤，立刻明白了，看照片，为什么觉得她和衣帆相像。她的双瞳，闪烁着蓝绿相间的光泽，那是衣帆给我印象最为深刻的特征。难道说，这样的光泽，在犹太女子中常有吗？

老兵介绍完毕，挂着他那粗大的木

拐，风度翩翩地退出门外，随着房门合拢的声响，把那间安静的小屋，留给了我们。

我和艾坦的谈话，正式开始。没有想到，开局意外顺利，我原先做好的功课，准备的开场白，在艾坦女士口齿清晰的汉语表达下，全部失去了意义。

她直截了当地说："我得到的信息，你，年轻的中国人，想要编辑一本包括摄影和邮票图案的书籍。"

"是，用图案表达我对战争的看法！"

她点点头，赞许我的坦诚，接着道："这几年，和我接洽，要讨论邮票问题的人很多，那都是生意，我一个也没有见。见你的原因,是知道你想做的事,很有意义!"

从她的言语中,我听出端倪,她有备而来,今天的谈判,也许不会落空。我不失时机地夸了她一句:"您的汉语,说得非常好听,咬音吐字,比我标准。"

她笑笑,"我在北京学习工作过,学了你们的普通话。噢,上海我也去过。我去看你们上海博物馆的地下空间,那是非常出色的人造自然空间。"

我听说过,人民广场那里的博物馆,有精致的地下空间,有花园,有天空和云彩。我明白,她的造访,正是与专业有关。"自然环境再造"?可惜,我没有参观过那个地下建筑，作为上海人，有点说不出口。我转换话题，把那位阿富汗少年的邮册拿出来，指着被火烧焦的边沿，请艾坦女士看，说明我的计划的渊源。既然她认为我想做的事情有价值，我需要再强调一下。

"可怜的孩子！"她感叹着，"希望他现在已经拥有课本！"

我补充说："有课本不够，还希望他拥有和平学习的环境！"

艾坦女士目光直视着我，我知道，那是坦诚相见的意思，我也毫不躲闪地迎接了她的目光，绿光蓝光交互闪烁的目光，衣帆曾用那样的目光，让我神魂颠倒。此刻，是另一种感受，艾坦女士直率的目光，让我感受到她的信任。她说："我支持你的努力，你打算编辑出版的书，十分有意思。我今天过来见你，说明我决定接受你的要求！"

我赶紧说："关于邮票转让的价格，您尽管说，我知道那是十分珍贵的！"

她高深莫测地笑起来，"你相信？关于那枚邮票的传说？"

我一愣，"怎么？仅仅是传说？"

"是传说！像模像样的传说！不过，并不准确！"艾坦女士沉稳地回答。

接下去，我听到了关于"爱因斯坦的头发"的另一个版本。前面一半，大体相同。区别在于后面。由于爱因斯坦的反对,艾坦女士的祖父,那位设计邮票图案的画家,撤回了与邮政当局的合作,退回了邮政当局预付的稿费,还承担了毁约的损失。他说,他理解爱因斯坦对于人类命运的担忧,这点经济上的损失,微不足道。他当然没有允许制作邮票的样张,那份设计稿,在给爱因斯坦过目之前,根本没有送达邮政当局,怎么可能制作样张?那是集邮爱好者私下传说的故事,严重走样的故事。

我的心凉了大半截。原来对珍邮的渴望,顿时成为虚空。我不无刻薄地想到,只有老兵一个人是赢家,不管我们谈判的结果如何,他既然引荐了艾坦女士,那一万五千美元的服务费,是一分也少不得的。

我很懊丧。原来期望,得到这样一枚独一无二的邮票,让这本图册的结尾,形成奇峰突起的效果,现在,落空了。

艾坦女士自然察觉到我的情绪变化,她温和地微笑着说:"年轻人,故事的结尾,不如你的想象,但是,我依然支持你的事业!"

她说得那样肯定,不像是虚与委蛇,我怔怔地望着她,等待下文。

艾坦款款地道:"没有邮票的样张,不过,我祖父的设计稿,在家里完好地保存着，我父亲去世前，特意交到我的手中！"

我心中重新燃烧起希望之火，"您的意思，可以把设计稿给我？"

她优雅地摇摇头，"我答应过父亲，绝对不会丢失祖父的任何绘画，当然包括这件设计稿。我可以给你的是高清的扫描，同时允许你在出版物上使用！"

柳暗花明！绝对是柳暗花明！我笨啊，我只想着获得财产权的转让，其实，我真正需要的只是出版权的许可！在设计这个项目时，我研究过知识产权的相关规定，怎么全忘记了？

我知道，出版许可，也是要付费的，

何况是这样宝贵的材料。我问:"艾坦女士,您许可我使用,您的条件是?"

她再一次温婉地笑道:"我说明了,我支持你做这件有意义的事,我的许可,不附带经济要求!"她见我现出惊讶的神情,补充说:"明天,不,时间太紧张,后天,你可以到老兵这儿来,他会转交给你高清的扫描件和我的授权书,有我和律师签名的授权书!"

没想到,她把主要的细节全安排好了!我喜出望外,"不过,您不能白白授权,您应该主张获得什么!"我喃喃地表示了自己的诚意。

她满意地点点头,"我接受你的提

议，我在授权书里，会写上，我要求获得一百本样书，我会送给朋友们，和我持相同观念的朋友们！"

"太好了！"我兴奋起来，击了一巴掌，"本就设想，此书做成中文和英文两种语言。现在，我一定要找最优秀的译者合作，可以放心地把书送给您！"

三十五

隔日，我再次来到老兵的酒吧，如约拿到了艾坦女士的授权书，还有那份邮票设计稿的扫描件。按原尺寸扫描，约对开纸大小，装在一只硬纸板封盒之中。艾坦女士做事仔细，符合工程师的风格，安排得挑不出瑕疵，扫描件清晰逼真，一看就是可以用于印刷的成品。

图案，与猴子曾经描述过的一模一样，邮票二方连的构图，右图，是爱因斯坦的肖像，世人熟悉的智者的神态，略有夸张，特别夸张的是他的头发，蓬松的发梢，像被大风掀起，高高地飞扬，并且往左侧旋转，在邮票边框的齿角处，与隔壁邮票腾起的蘑菇云呼应，似连未连。画家的艺术天分，在小小的方寸设计中，自由地发挥出来。

让我意外收获的惊喜，是艾坦女士用中文打印的短信：

年轻人，我履行承诺，把珍藏的祖父遗作扫描后送上，我为你勇敢的计划感动，支持你为了人类和平而努力。我想告诉你一个信息，外界所不知道的信息。爱因斯坦先生拒绝我的祖父发行邮票的设想，不是出于谦虚，而是不愿意把他的科学创造，与可怕的战争联系在一起。他对我祖父说，假如真的爆发核大战，没有胜利者与失败者之分。他觉得，命运最为凄惨的，是在核战初期侥幸生存下来的所谓的胜利者。他们的前方，绝对不是凯旋门。他们只能像鼹鼠一样，躲在阴暗的地方，计算为数不多的日子，犹如被判处死刑的囚徒。

我在年轻时，听到爱因斯坦的这些话，并不是非常理解。按我幼稚的心思，胜利者不可能如此凄惨。后来，我的专业，给了我启迪。因为签过保密协议，我无法说明我的具体工作。建议你可以去看看上海博物馆的地下空间，那里有人造的天空和花园。你在那里待一个小时，或者半天，你会非常愉快。但是，假如你将长期住在那个地方，知道你无法回到真实的世界，看到真实的太阳和蓝天，也许，很快你将无法忍受而发疯！

希望我们的地球，不会遭受噩运，那种让爱因斯坦先生忧心忡忡的噩运。我支持你充满人类之爱的计划。我们共同努力!

艾坦女士的信,不但让我感动,信中蕴藏的智慧,像闪电,照亮了我的内心。我的困惑,或者说历史学教授给我的困惑,在那一刻,云开雾散,豁然开朗。假如说,过去的战争,那些不顾一切发动战争的枭雄,觉得自己是在向凯旋门行进,那么,他们现在的出路,只剩下死亡和等待死亡两种可能,智者爱因斯坦的判断,命运最为凄惨的,是等待死亡的那一类。

碍于保密协议,艾坦女士没有描绘她的工作。按她字里行间的意思,我大约猜想到她的痛苦。她参与了宏伟的地下工程，在地下千米深处，运用人类各种最为先进的技术手段，设计建造了坚不可摧的地下堡垒。那里呈现出美丽的花园，草地花木喷泉，一应俱全，甚至连日出和月落，也符合大自然的规律。艾坦女士清楚地知道，那种种美妙精致，是人工仿造，是一种欺骗人类感官的迷宫。一旦战争大规模爆发，核污染在地表上大规模蔓延，即使地下堡垒的指挥者们幸存下来，却不敢也无法回到大自然之中，只能躲在貌似美丽的地底下，默默计算能够活下去的日子，几个星期？几个月？粮食和水，一点点耗尽；

死亡，一步步逼近。精致的花园，变成等待死亡者的监狱。

爱因斯坦的这段话语，未见于记载。我在印制那份邮票设计稿的同时，在记叙与邮票设计稿相关故事的同时，能够发表他振聋发聩的警世之言，一定会产生难以估量的效果！

在艾坦女士的授权书中，有她写下的邮箱地址。我会给她去信，希望获得发表爱因斯坦遗言的授权。爱因斯坦和他的画家好友都去世了，谈话的当事人不在了，我希望用"据说"的形式，发表这段话，让世界倾听智者的警告。

三十六

老兵坐在他惯常的位置上，右手扶着硬木拐杖，好像随时打算站立起来，那是他习惯的动作。我猜想，人们传说拐杖里藏着防身武器，大约也是由于他的这个习惯，时刻处于"拔刀出鞘"的状态。其实，他坐得相当稳当，可以这样端坐几个小时。他默默地看着我读信，任由我发呆，没有打搅我。等我醒悟过来，微微点头，向他致谢时，他难得地微微一笑，说："我的服务，值这个价钱吧？"

我再三表示真诚的谢意。他让我见

到了艾坦女士,我的收获,大大超出预期。

老兵点点头,把放在桌上的一只鼓鼓囊囊的牛皮纸信封,缓缓推到我的面前,"这是我退还你的五千美元。"

"为什么?"我很惊讶。

"不是退还吧,算我的预付。"老兵不动声色,"我像艾坦女士一样,预定你的一百本书。作为幸运地活着归来的老兵,我同样支持你呼吁和平的事业!"

我微微一怔,他并非如猴子形容的,只考虑赚钱!我不知如何表达内心的复杂,唯有喃喃地说:"谢谢,谢谢!"

这位神色冷酷的男人，竟然再一次微笑起来，"我的战友们，'越战'的幸存者们，会喜欢你的这本书！我们每年聚会，我要把书送给大家！"

我问："要不要给你写个收据，预收书款的收据？"

他摇摇头，"希望你的书尽快出版，寄到这家酒吧就行。"他捏住拐杖，轻轻击打着地板，"即使我老得动弹不了，老板会代替我收书。"

我说："你很强壮，你依旧充满男人的力量！"

他不无遗憾地回答："我的强壮，都留在那片丛林里了！"他的目光显得惶惑，捏着拐杖的手指，有些难以察觉地抖颤。我记得猴子说过，他听到喧嚣的声音，身子会颤抖。那一刻，窗外有刺耳的马达声，好像是几辆摩托车轰鸣着，鱼贯掠过。他稳住了情绪，继续说："我们这些兵，都不喜欢打仗。制造炮弹轰炸机的老板们，才盼望着战争！"

　　他心平气和地说着，不，只是表面上的平和，我隐隐听到，他的上下牙撞击的声音。他脸上那道深深的伤痕，从眉角伸展到嘴唇的伤疤，在他淡淡的微笑中，似乎不再刺目，他神情温和，不像初见时那么严酷。

走出酒吧，乍见耀眼的光照，眼睛有点不适。亮晃晃的天空，悬在高楼大厦之上。这并非人造的天宇。深邃透明的蔚蓝，让我的心中浮起关于喀布尔天空的记忆。我祝愿那里恢复纯净，不再被炮火吞噬。

和平，才是美丽的世界。

创作谈：人类命运的相对论思考

1

若干年前,纪念相对论诞生百年,讨论爱因斯坦的文字多起来。遗憾的是,在茫茫人海中,对伟人偶像式的崇拜,远远超过对他的理解。

关于爱因斯坦的相对论,世人采取高山仰止的态度,假如真想入门,往往痛苦不堪,那样高度抽象而玄妙的思维,折磨起神经来,让你昼夜不得安宁。几年前,我写作一篇科学随笔《发现的秘密》,就为此长时间吃睡不香。那种痛苦换来的兴奋,是让我突然悟出一个道理,爱因斯坦前无古人、后少来者的发现，突兀而起的创造，所以能超然于前辈科学巨人牛顿他们之上，奥秘在于突破了地球人的文化习惯，而将思维的参照系定格为神奇却难以捉摸的宇宙，我们这些凡夫俗子难以解读他，原因也正是在此：我们的思考能力，很少能脱开文明史的时间和地球圈的空间的限制。

这个命题，一直在我的心底酝酿发酵。我的奇想是，爱因斯坦的思维方式，有没有可能引入科学之外的文化思考？

爱因斯坦的理论，推动了二十世纪科学技术的迅猛发展，却也孕育了可怕的核武器。终其一生，他是个和平主义者，他担忧核武器带给人类文明难以挽回的灾难。爱因斯坦的科研成果与他的人文忧虑，存在着悖论，似乎也证明了相对性的无处不在。遵循这条线索，我们开始思想的漫游。

2

同样因为萨特百年纪念的缘故，文化界对这个伟人也产生了新的浓厚的兴趣。他，在上世纪八十年代曾经让中国的年轻学者为之激动。处于思想解放运动中的中国文化界，需要新鲜的思想力量，萨特的存在主义，无疑是一股清新的风。他的与马克思主义密切关联的左派知识分子的背景，他对于僵化的前苏联官方意识形态的尖锐批判，可以在中国的各个层面获得欣赏与共鸣。由于我们刚刚打开与西方思想界对话的大门，那时对待萨特的态度，顶礼膜拜的成分较为明显。几十年过去了，中国学者成熟起来，在纪念萨特的文章中，重新解读和批判的力量显露了犀利的锋芒。

　　我看到了对于萨特和他一度的亲密战友加缪之间恩怨的再评析。他们曾经是法国左派知识分子的旗帜，互为犄角，后来也从不同的角度冲撞斯大林体系，但是，他们之间，又深深陷入文化的冲突和论战,终于敌对到互不宽恕,其论战的核心是知识分子对于革命暴力的态度。阅读这段欧洲文化的恩怨,竟让我联想到处于同一时间纬度的上海故事:上世纪三十年代鲁迅和周扬他们的那场论战,究竟是要"民族革命战争的大众文学"还是要"国防文学"?据一位当事人多年后的回忆,毛泽东在延安的窑洞里,曾经为这次论战清醒地评判,作出双方都没有大错的结论,不过,在彼时此地,那论战真个是针尖对麦芒,水火难容啊!萨特与加缪,争论的是民族内部冲突的形式,鲁迅和周扬,争论的是反抗外族入侵的策略,基点截然不同,所以东西方文化人在相近年代的两场论战,也许很难简单类比。不过,知识分子顶尖人物的智慧,经常陷入深浅莫测、前景难料的黑洞,即使有难以抗衡的客观情势的推动,还是让后人唏嘘不已。

加缪认为,不管有多么漂亮的理由,只要生命没有受到真正的威胁,知识分子绝不能赞同暴力,要保护自己干净的手;萨特则觉得那是伪道德,你不赞同正义的暴力,就是支持了黑暗的暴力,你的手还是肮脏的。萨特的名剧《肮脏的手》,便是他们争论的存证。萨特的伟大在于,当他进入文学创作,沉浸在戏剧人物的生活场景，他服从的是世界的复杂和多样性，并不简单图解自己的政治观点。该剧可以有多种解读，比方说，萨特本人最为欣赏的某位剧中人物，代表作家意念的主角，在一些观众眼睛里，面目可能相当可憎。我们可以不同意萨特的观念，却不能不佩服他的文学才华！

几十年之后，重新思考萨特和加缪的论争，依旧充满现实的理由。这一回，欧美的思想界褒贬二者的意思尖锐对立。本文无意在这个方面展开，表现思想超越时空的意义，恰恰相反，我感到的是伤感与荒谬。法国思想界的两位天才，不惜毁灭彼此的友谊，在激烈的论辩中，把一个简单的命题论述得如此透彻，世界的后来者似乎全然忘却，茫然地重新在迷途上彷徨。于是，我产生了顶尖智慧往往掉入黑洞的感慨，泥牛入海无消息，真个是深不可测！

通过黑洞这个名词，我进而想到了爱因斯坦的相对论。于是，尘封已久的奇想，再次开始萌芽。

3

纪念萨特百年的复杂情感，尚在欧洲和太平洋两岸上空弥漫时，另一位德国文化巨人的两百年哀思也开始了。对于席勒的回首,比较低调,文学圈子之外的人们,了解得甚少。原因不在于席先生早去世一个世纪,和当代的隔膜多些,而是他的成就集中在经典的戏剧诗歌方面,与令人眼花缭乱的现实世界难以全面亲密接触。让我受到冲击并且浮想联翩的,是席勒前辈一句简捷的责问:"我们至今还是野蛮人,原因是什么?"

　　人这个物种,其实相当自负。我们骄傲地宣称,人类脱离动物界有几十万年了;我们满足地总结,人类几千年的文明史,特别是近一二百年的辉煌的创造，使我们基本摆脱了自然生存的压力；有人甚至以为，基因密码的破译，将让我们自个来挥动上帝之手。人类的目光，已经向浩瀚的宇宙延伸，计划着去征服别的星球。在这样的时候，重新挖出席勒的责难，产生"我们还是野蛮人吗"的疑惑，似乎挺奇怪，似乎让自以为创造了辉煌文明的地球人很不自在，甚至有点儿难堪。

看来，对于文明和野蛮的分野，有讨论的余地。

在席勒生活的年代，欧洲离开残酷的中世纪不久，工业革命也是刚刚强劲地冲击着人们的思维。作为敏感的知识分子，席勒不可能不欢迎工业革命改变人类命运的强大力量，也不可能不看到这种力量对于推动人类社会迅速走向繁荣的前景。席勒的痛苦，肯定聚焦于这种过程的残忍。繁荣和文明确定地出现在地平线上，在通往地平线的宽广的路途上，却布满了荒野的沼泽和凶猛的动物。这一点，既为后来一二百年的文学杰作所记录，也为两次世界大战和迄今绵延不绝的各类战争反复证明。席勒对于"野蛮"的控诉，以其诗人的气质，应当集中于人与人之间争斗的动物性的凶猛方面。歌德、席勒他们天才洋溢的创造，他们的文化孕育了伟大的德意志民族，却无法阻挡希特勒战车轰隆隆地把德国和世界带往地狱边缘。由此，我们不得不感叹忧郁的诗人灵敏的预感。社会迅速的文明与人性滞后的野蛮，形成无法回避的矛盾，甚至可以说，文明的高度，为特定时期野性的爆发提供了更加强大的工具。在近现代发展最为迅猛的欧洲，先后爆发摧毁无数生命的世界大战，就是明证。

这个命题，我无须援用更多的例证。环顾已经进入二十一世纪的人类社会，在天体物理、基因生物、电子网络等等无数领域取得骄傲突破的时刻，人类自身的麻烦好像正日益增多。一切警示都不会多余。

4

我们确实无能为力吗?

人类文化,注定陷于两难的沼泽而无法继续走向阳光灿烂的地平线吗?

爱因斯坦思维的模式为我们打开了心灵的窗户。当牛顿式的地球人思维被大地的引力拖住而无法发散时,爱因斯坦独特的个性,干脆让自己的观察脱离地球的限制,那在空间飘逸的潇洒的眼神,正是创立一种新方法的开始。

相对论挑战人类的常识和智慧,首

先是在简单的时间空间观念方面。过去，只有在神话中可以随心地改变时空，比如孙悟空的一跟头十万八千里，比如"山中方一日，世上已千年"的传说，爱因斯坦却科学地证明，这种改变是可能的，只要你乘坐接近光速的宇宙飞船旅行，回归地球时，欢迎你的，也许是你的孙子、曾孙子。

迄今为止，我们的哲学、文学以至其他各种人文思想，思考和分析问题的起点，基本是有文字记录可查的几千年的人类历史。这显然是正确的，因为鲁迅先生说过，我们生活在地球上，不能拔着头发，想让自己脱离地球。人类面对现实的挑战,力图解决实际的难题时,我们丝毫脱离不了困惑的今天与承重的昨天。不过,此刻,也许仅仅是此刻,我们想展开关于人类未来的思考,试图与子孙后代的文化对接,我们能否具备一点爱因斯坦的科学的浪漫?

相对论的支点之一,在于这通俗易懂的"相对"一词:观察世界的角度不同,获得的结果不同。正是由此出发开始遐想,我产生了若干特殊的思绪。

雄伟的高楼大厦,是人类骄傲的创造。从市民的角度观察,我们体验到楼群的庞大和深不可测,感慨于文明凝聚的无穷能量;从乡村的角度观察,结果则要修正许多,那些令人仰望的建筑,也许就是庞大到令人畏惧的财富集群,充满吸引人、迷惑人的魅力,也晃荡着使人怯懦、使人惶恐的压力;如果观察的角度变化得再大些,从原始丛林动物的角度来看呢,楼群恐怕仅仅是阻挡它们任意进入的石林,是让它们讨厌的无法生存的荒山;我们还可以大范围继续变换角度,假如我们进入星外轨道,以宇宙的视角观察,啊,结果也许很可怜:那伟岸的城市建筑,犹如孩子们在沙滩上的随意玩耍,风来了,潮来了,它们将被无影无踪地荡平——正像古代许多伟大的城市发生过的种种故事那样!

处于这样不停变幻的多棱镜前，我觉得自己的思想被解放了，可以试着离开文明史的时间和地球圈的空间的限制，自由地来讨论明天。看来，我们的思考未必注定要紧紧追随历史！

5

爱因斯坦的理论，并不像我们普通人以为的那么完美。

卓别林见到爱因斯坦时，幽默地说过：我出名，是因为每个人都知道我在做什么；你出名，是因为没有人知道你在做什么。卓先生灵光一闪的机智，当然不是讽刺爱因斯坦,而是简捷地说明了问题的复杂。

当时,传统物理学受到尖锐的挑战,正需要爱因斯坦的救援,他的理论,把科学家们的思维从强大的地球磁场解放出来,开创了观察宇宙和解答人类在宇宙地位的新纪元;普通人也需要爱因斯坦,需要他推开窗户,为我们引入新鲜空气,即使不清楚爱因斯坦到底做了些什么,但是,根据爱因斯坦原理解释和认识的世界,正在发生重要的变化,则是多数智慧能够感受到的。

可惜,爱因斯坦的理论并不完美,存在无法克服的缺陷。当必须的理论基石难以证明，爱因斯坦只能依赖科学假设，或者说是科学约定。比方说，我们普通人广泛接受并且早认为是世界公理的光速不变，其中就包含无法证明（同时也无法证伪）的科学假设。原因非常简单，假如我们要用实验证明单程光速不变，就必须在光速经过的两点间对表（钟），而能够用以对表的工具还是光，这就必然陷入循环自证的怪圈。所以，我们只有理解和接受爱因斯坦理论的不完美，并且把他视作合理。尽管由于这些假设的存在，爱因斯坦身后，他的理论一直受到挑战，但是，迄今无法动摇他为人类创立的宇宙观。

现在，我们回到人类命运的思考。航海需要灯塔，那是基本的尺度。有了灯塔，不同的船长，只要是具备相当经验的船长，就可以获得大体相近的操作指南。对于人类的未来，我们也需要一座灯塔，或者说，需要一个假设。那是关于我们终极命运的假设。人类社会到底能否不断自我完善？到底是走向光明还是走向毁灭？这个假设，几乎像光速不变一样难以证明。谁也无法预先到达终点。同时，未来是光明的，社会自然潮水般推进，显然就没有终点的概念；至于真个到了全社会灰飞烟灭，又由谁向谁证明呢？

我们像爱因斯坦一样,没有办法回避科学假设,或者说科学约定。

我们的假设,与那些经常发布关于人类和世界"末日"的预言家正好相反。我们认为,人类,作为迄今最高智慧的生命,她所创造的不断进化的文明,能够使我们应对各种挑战,闯过各种风浪,与美丽的地球家园永远相依为命!

这个假设是必要的,它主导着我们下面的推论。

6

在预设了未来的灯塔之后,现在开

始进入下列论题：文明史的时间和地球圈的空间，为什么限制了传统的人文思维？

在前面讨论对萨特、席勒的纪念时，我们已经涉猎了相关问题。人类的暴力与野蛮倾向，按比较轻易的解释，是远古的动物基因的驱使。不过，我们稍微往下深入一步，就会发现，人类浩如烟海的文献，记录前人行为与思考的典籍，也可能是暴力与野蛮倾向的孳生地。尽管智者辈出，为人类祈祷和平的勇士不屈地呐喊，但在数千年的长河里，他们仅仅是耀眼的浪花，敌不过暴力与野蛮的山呼海啸！

人文思想,很难摆脱人类生存的基础而独立存在。远古的社会不去说它,有文字记载以来的数千年文明表明,人类的基本生存始终是个大难题。现在,地球上最热门的话题是资源的日益贫乏,那是二十世纪人类科学技术快速进步后产生的麻烦。在此之前,焦点则是社会开发资源的能力不够、生产力低下,人类的辛苦劳作只能使少数人获得温饱,即使有充满人道主义的"安得广厦千万间,大庇天下寒士俱欢颜"的呐喊,在实际生活中都不过是个美丽的梦,最后能够达到的结果依然是"朱门酒肉臭,路有冻死骨"!

从缺少养料的贫乏土地里生长出来的，是同样贫乏而且窘迫的思想。

少数上等人的幸福，依赖于多数下等人的供给，似乎是难以改变的定式，支撑不合理大厦的手段，也就非暴力与野蛮莫属了。统治的高明（或者说聪明）与低劣（或者说愚蠢）的区别，仅仅在于运用暴力的尺度把握得是否得体。用这样简单的说法概括数千年思想者的辛劳，可能无理至极，不过，八九不离十，大体是不离谱的。

此刻，我们想要突破的，正是上述思维定式。

暴力引向的战争，是不是必然？一

个民族的兴旺发达，是不是必须摧毁他民族的生存？据历史书的记载，血与火为家常便饭。难道人类注定在怪圈里旋转？

近几十年人类达到的能力，多少提供了未来思维的基础。社会的生产力量正在惊人地积聚。全世界的生产过剩已经不可逆转地横行天下。只要我们有合情合理的社会结构，多数人乃至人类整体可以获得温饱，已经不再是人道主义的幻想。于是，智者焦虑的目光，渐渐转向另一个方面，难以回避的新灾难是：强大的生产能力，在日益强化的需求的驱使下，正在破坏性地掠夺地球有限的资源，很多动物被人类灭种式地消灭，无数的重型挖掘机器已经把我们美丽的家园肢解得七零八落。

要害，将不再是必须有十个下等人养活一个上等人，而是地球能否承载我们整体，包括所谓的上等人和下等人！

7

涉及资源的有限或者说稀缺，市场经济的主流理论，有一个重要的也不断引起非议的经济人假设。稀缺必然导致激烈竞争，进入市场的每个人全是理性的，其行为的准则是利益的最大化。

不断有人非议这个理论假设。主要的批评，乃是认为人没有那么不可挽救的自私，行为的准则并非只是利益的最大化。其实，这个批评并未用对方向。所谓人追求利益最大化是有前提的，指的是他进入市场的行为，他的其他行为，比如乐善好施之类，是另外范畴的问题。

我对这个理论假设的保留态度，则是在另一个层面。有些经济学家把这个假设看成是如几何公式一样永远的真理，在我看来，站在今天的土地上，把其奉为公理，没有疑义，但是，市场经济并非人类永远的归属，市场经济在焕发强大的生产能力的同时，对稀缺资源的残酷争夺，从而对地球日益破坏的趋势，最后毁坏的是全人类的未来。总有一天，人类因无法忍受而对此集中纠偏，那时肯定发现，其难点恰恰是在全球充分竞争的制度层面。"没有远虑，必有近忧。"先行者倡导的环境保护、绿色能源，诸如此类的呼唤，是代表未来的先进的思维！

8

贫瘠的土地生长出来的文化，不仅仅是全面认可上等人的暴力统治，同时，长期潜移默化，根本扭曲了人类的生活观念和审美价值。

以时尚为名,依赖强大的媒体而风行全球的奢侈文化,是这种扭曲的最新版本。

人,是天然追求快乐的动物。美食、华衣、暖屋等等,当然是追求人生快乐的基础,但是,几千年贵族统治平民的形态,造就了一种贵族标准的审美观念,已经超出了快乐的实在需要。我们在《红楼梦》中读到一些离奇的食谱,比方说绿豆芽塞肉,把豆芽的心掏空了,塞肉进去,显然并非特别的美食,仅仅是贵族们挖空心思的制造,显示其身份,能吃平民们吃不了的精细。现在的豪华盛宴，比如几十万元的满汉全席，走的大体也是这一路。同样，合适的时装，是工业与艺术的混血儿，能把人类之美勾画得纤毫毕现，不过，过分夸张做作呢，那就走向了另一面。我们知道，欧洲博物馆的油画，大量记载着宫廷贵夫人的礼服，那才是绝了，蘑菇般高高撑开的裙子，花费的金钱不去说了，光那打扮的时间，众多女仆的服侍，也是唯有贵族享用的玩意。现在的T形舞台，据说仅仅服装制作，就有花费几千万美金一台的，美女们装在金子堆里走路，艳丽之极，说句挖苦的，顶多也还是学了点几百年前皇宫贵族的皮毛！

可怕的是，这样的追求，并非停留在少数人表演上，千年潜移默化，它已经像生命力顽强的病毒，深深潜伏在亿万人的心灵之中！

美利坚是在反抗大英帝国的战火中出生的，并且把平等作为立国之本，据说，当时从欧洲大陆移民至美国的，也是下等人为主，严格考察，他们显然缺少贵族的血统。不过，在那里仔细看看，你会发现，被金钱堆砌起来的上层社会，对贵族标准的追求是十分强烈的。在特别的豪华酒窖里，几千美金一瓶的极品，显然是在模仿当年路易十几们的奢华！其实，几十美金一瓶的好酒，从品尝的角度已经足够高级，已经让饮者的快乐充分实现，百倍于此的价格，买的明显不是酒，而是贵族的梦呓了！

当生产力水平已经不需要严格区分贵族与平民，当文化的惯性鼓动温饱之后的亿万众生去追求贵族的遗韵，当这种追求无穷刺激被现代技术装备起来的强大的生产线，地球唯一的选择，是在长时间的呻吟警告之后，彻底放弃她养育人类的天职！

9

我毫无回到禁欲主义老路去的意

思。文艺复兴时期的文学，对于违背人类天性的禁欲主义，早就嬉笑怒骂，批判得入木三分。我们承认人是天然追求快乐的动物。我们期望发现的新大陆是，在通向未来的漫长之路上，人类如何可靠地实现自己的天性？

以往的历史，多数人是劳作的工具，被剥夺享受快乐的权利；他们的汗血，则养育着少数穷奢极欲的贵族。那是违背人性的社会结构。它之所以能够延续上千年，仅仅是因为与彼时的生产力水平相对吻合。

地球旋转到二十一世纪，人类掌握的技术为整个社会打开了崭新的世界，当多数人可以享用物质提供的快乐时，我们尚未来得及好好陶醉，警报已经拉响！即使生产能力无限，物质资源绝对有限，我们只有一个地球可以利用。所谓的现代航天技术，要达到实用性地开发外星的水准，显然还遥不可及！问题的严重性还在于，人口的膨胀，至今没有全球范围地受控；同时，人类生而平等的观念已经深入人心，以往那种依赖战争消灭多余人口（战争狂人们甚至以消灭低等民族为借口）的办法，绝对被唾弃了。

地球人整体，如何在地球容忍的前提下，充分实现自己追求快乐的天性？

以往的历史经验回答不了这个问题,我们还是回到超越历史经验的相对论,由此获得灵感和启示。

10

爱因斯坦认识宇宙的理论,有众多违反人类常识的内容。卓别林的幽默天才,绝对是建立在过人的直感之上,前面提及,他曾说,爱氏成名,在于没有人知道他在做什么,让你听后哈哈大笑之余,对他佩服得五体投地;因为按照我们的常识,甚至可以认为爱先生在胡说八道。比方说,爱因斯坦在上世纪早期，就神奇推断，宇宙除了具有我们熟悉的物质和能量，还有远远超越已知物质能量的暗能量，听上去活像是封神榜一类的故事。在我们可以感觉触摸的物质世界之外，竟然还有无法把握的巨大能量，难道冥冥之中，确实有太上老君们存在？

科学家们则认为爱因斯坦并不荒谬。经过长期观察，他们已经确认，在宇宙的总能量里，我们现在所认识所熟悉的一切物质，仅仅占百分之五；另有一类我们还无法认识的物质，对光、电、磁、核通通不起作用，仅仅通过引力场可以知道其存在的物质，因此名实相符地被称为暗物质,它们占的比重高多了,达到宇宙能量的百分之二十五;这还不算稀罕,爱因斯坦最早提出的玄妙的暗能量,非但已被确认存在,匪夷所思,它们竟然占宇宙能量的百分之七十!

这就是爱因斯坦的神奇和迷人之处。他的奇思怪想,尽管难以直观地证明,但是更难被反驳。时间的流淌,则增添了爱氏学说的魅力,有越来越多的科学家试图揭开其中的奥秘。在纪念相对论诞生百年之际,李政道先生就撰文号召,期望年轻的物理学家们在二十一世纪攻克爱因斯坦留下的挑战,认识所谓的暗物质和暗能量。

我期望由此进入新的讨论范畴。当资源的稀缺越来越成为问题，当物质享受受制于资源只能有限供给，不可能满足成亿增长的地球人追求快乐的天性时，我们是否需要大胆想想：如何开发支撑快乐需求的新能源，社会的暗物质和暗能量是什么呢？

11

说来好笑，给我启示的，竟然是眼下年轻人时髦的玩意，同时也是家长们害怕的玩意——网络游戏。现在，老师家长们走到一起,议论到影响孩子们的成长问题,声讨最多的,早就不是武侠小说和漫画书之类,炮火集中在可以让孩子玩得昏天黑地的网络游戏上。这事情很复杂,好坏得失,我们三言两语说不清,这里不讨论,我提起它,是因为被它激发了灵感。有一次闲聊此话题,一位朋友开玩笑地说:"网络游戏,可能是消耗资源最少,但是满足人快乐最多的一样游戏呢!"

细细品味,还真有些道理。人的快感多少,并不与物质供给完全成正比关系。

据说,社会学家和心理学家们经过

仔细调查，认为各地区人群幸福的感觉，与财富的多少没有直接关联。GDP 高的富裕国家的民众，未必一定比穷国的百姓更加幸福。这样的结论，肯定会引起没完没了的争议。我不想陷入这种争论，只想指出一个多数人感受得到的事实：幸福的感觉，常常也可以来自物质供给之外！

直接依赖物质供给满足人类快乐的途径是一目了然的，传统的美酒、美食，现代的汽车、电器等等全是；部分物质加部分非物质的供给，满足人类追求快乐天性的途径，也是相当广阔的，音乐、文学、美术、戏剧、体育，古已有之，在今日社会日益变幻多端而已，至于网络游戏，则完全是建立在现代技术上的新花样罢了。他们共同的特质，就是相对消耗物质资源较少。套用物理学的说法，尽管没法用光、电、磁、核去测量文学艺术的能量，但是，通过人和人之间的引力场，洋溢着审美兴奋的引力场，我们感觉到它的存在。根据能量守恒的原理，减少了物质的供应，人依然能够欢乐开怀，也许，正可以把这猜测为暗物质的力量在发挥作用。我们把美丽的发散力、体魄的震撼感以至智慧的闪烁点，比喻为暗物质的能量，我想，常人可以理解，这并非过分怪异的说法。

12

现在,继续推论和联想,从宇宙的暗能量到社会的暗能量,我们也有了说法。

二十世纪早期,爱因斯坦提出了暗能量,当时,由于实验条件的限制,研究难以深入。近几十年,宇宙的观察手段,特别是哈勃望远镜等大家伙的启用,使人类对星外的浩瀚和神奇有了更多的体验。暗能量,似乎比暗物质更难以捉摸。后者还有引力场的证明,前者简直如同如来神掌，巨大的能量无踪无影，说不清，道不明。宇宙学的研究者们，借助哈勃的观察，知道我们的宇宙还在加速膨胀之中，而能够使宇宙如此运动的能量，只能是爱因斯坦预见的暗能量。它的巨大，占宇宙能量的百分之七十，由此也就比较可以理解。

在人类社会之中，我们同样体验到有一种无法具象、固化的巨大能量，当你被它团团包裹着，你觉得自己是最幸福的人，当突然失去它，你顿时断肠落魄，纵然美酒千杯，难浇此愁！爱情、友情、亲情乃至普遍的人类之爱，既不能用秤称，也无法用斗量，但是，它们对于人生美满的重要，对于整个社会的健康，对人这个物种的未来，具有的重要作用，是高楼大厦、飞机汽车等等有形之物所难以企及的！对此，人人有体验，我也无须多说。人长久的幸福快乐，更多地来自这样的暗能量，而不是取决于餐桌上的佳肴。

此前的几千年，社会强烈地受困于物质的贫乏，对此认识没有充分地展开，正像在哈勃们诞生之前，物理学家对宇宙的暗能量也停留于模糊的概念。

相对富裕的土地开始生长相对开明的思想。现代文化已经逐渐作出反应，有更多的组织和个人在努力提倡慈善、公益以至对自然环境的守护等种种行为，这些行为给参与者带来的精神满足也慢慢被社会所公认。与传统文化的区别在于，行动者不仅仅是施舍式的付出，同时，在过程中付出者自己获得了快乐。关怀、帮助他人，种一棵树，净化一片水塘，在对他人和环境有益的同时，获得成就感和满足感，转化为人生的大快乐，那样的能量，是很难估计大小的。

文章开头，我随手写下的几句话，充分表明，我对社会的日益物质化、对这种趋势的强大有清醒的认识。极端的批判者说，这是物欲横流的年代。我之所以硬着头皮写出如此不合潮流的文字，是因为被爱因斯坦的科学精神感召。爱因斯坦挑战传统科学大厦的勇气和智慧，长期照耀着科学界，同样，也可以启迪和激励人文学者。

对财富的无限制追求，贫富差距的巨大裂痕，是社会物欲横流的必然。这种追求，体现在国家层面，就是强盛的具备可怕战争武器的国家总想着在掠夺弱小民族和国家中获取超额利益。但是，现代大规模战争对地球文明摧毁性的前景，恐怕适得其反，你不想让人家活下去，最后你自己没法生存。那些声称拥有毁灭地球几十次能力的狂人，需要回归常识，在这样的毁灭中，不会有绝对的胜者！

相看两不厌，唯有敬亭山。淡然而高远的诗意，不失为针对思维狂热的清醒。

我并无幻想，以为写点文章，就能轻易改变几千年文化的影响。不，我没有做白日梦！社会自有其发展惯性，它将依然故我地走下去。顺便说一下，在物理学家那里，惯性是宇宙学的重要话题。一个物体，只有离其他物体足够遥远，才不会进行加速的惯性运动。因此，新文化也必须等待时机，离顽强的老文化有足够的距离，才能更加茁壮地生长。我们应当有那样的耐心和信心。我的文字，仅仅是给社会的灵魂——知识分子中那些没有在物质重压下丢失思考能力的一部分人阅读的。

我们的文化，需要理智地、慢慢地有所改变。

如果社会文化的指向，逐步改变为在物质需求上适度的满足，在较少消耗资源的文化需求上深度满足，同时鼓励把付出作为快乐的源泉，人类非但可以和地球永久地相依为命，同时，两百年前席勒先生所忧虑的人之野蛮，伤害过亿万百姓的以争夺资源为主要出发点的大大小小的战争,或许也会自然地消亡了。

孙颙

2022 年 1 月

图书在版编目（CIP）数据

爱因斯坦的头发/ 孙颙著. -- 上海：上海文艺出版社，2023

ISBN 978-7-5321-8348-7

Ⅰ.①爱… Ⅱ.①孙… Ⅲ.①长篇小说－中国－当代

Ⅳ.①I247.5

中国版本图书馆CIP数据核字(2022)第130176号

发 行 人：毕　胜
策 划 人：李伟长
责任编辑：李　霞
装帧设计：杨　鑫

书　　名：爱因斯坦的头发
作　　者：孙　颙
出　　版：上海世纪出版集团　　上海文艺出版社
地　　址：上海市闵行区号景路159弄A座2楼　201101
发　　行：上海文艺出版社发行中心
　　　　　上海市闵行区号景路159弄A座2楼206室　201101　www.ewen.co
印　　刷：上海盛通时代印刷有限公司
开　　本：787×1092　1/32
印　　张：8.125
插　　页：5
字　　数：65,000
印　　次：2023年3月第1版　2023年3月第1次印刷
Ｉ Ｓ Ｂ Ｎ：978-7-5321-8348-7/I.6588
定　　价：59.00元
告 读 者：如发现本书有质量问题请与印刷厂质量科联系　T: 021-37910000